KB113796

MAJOR LEAGUER

메이저리거

FUSION FANTASTIC STORY

강성곤 장편 소설

메이저리거 B

강성곤 장편소설

초판 1쇄 찍은 날 § 2016년 5월 3일
초판 1쇄 펴낸 날 § 2016년 5월 12일

지은이 § 강성곤
펴낸이 § 서경석

편집책임 § 김현미

펴낸곳 § 도서출판 청어람
등록번호 § 제387-1999-000006호
등록일자 § 1999. 5. 31
어람번호 § 제1-2419호

주소 § 경기도 부천시 원미구 부일로 483번길 40 서경B/D 3F (우) 14640
전화 § 032-656-4452 팩스 § 032-656-4453
http://www.chungeoram.com
E-mail § chungeorambook@daum.net

ISBN 979-11-04-90789-0 04810
ISBN 979-11-04-90490-5 (세트)

MAJOR LEAGUER
메이저리거

FUSION FANTASTIC STORY

강성곤 장편 소설

8

도서출판
청어람

MAJOR LEAGUER
메이저리거

목차

제1장
짜릿한 메이저리그 데뷔전 2

〈다저스 '슈퍼 루키' 강민우, 트리플A 건너뛰고 메이저리그 입성! "목표는 팀의 플레이오프 진출"〉

캘리포니아 로스앤젤레스, 미국.

LA다저스 산하 마이너리그 더블A 팀인 채터누가 룩아웃츠에서 맹활약하던 강민우(23)가 지난 9월 1일(현지 시각), 로스터 확장과 동시에 메이저리그에 진입하는 쾌거를 이뤘다.

올 시즌, LA다저스는 현재까지 내셔널리그 서부 지구 4위에 자리를 잡으며 고단한 시즌을 보내고 있다.

특히 지난 시즌 최고의 중견수, 그리고 최고의 4번 타자로 다저스의 공수를 이끌었던 켐프가 올 시즌 끝없는 슬럼프에 빠지며 팬들의 얼굴엔 미소 대신 시름만이 가득했다.

이런 상황에서 시즌 중반, 다저스 팬들을 미소 짓게 만드는 일들이 생겨나기 시작했다.

바로 마이너리그에 혜성처럼 등장한 강민우의 존재 때문이다.

강민우는 채터누가 룩아웃츠에서 활약하며 부상으로 경기를 뛰지 못한 기간을 제외하고 37경기를 뛰며 161타석 141타수 79안타 타율 0.560에 무려 29개의 홈런을 기록하는 크레이지 모드를 보였다.

다저스의 팬들에게 다저스 마이너리그 팜에서 단연 돋보이는 '최고 유망주'를 꼽으라고 묻는다면 누구라고 할 것 없이 바로 강민우를 손에 꼽는 모습을 볼 수 있다.

팀에서는 이런 활약을 눈여겨보고는 강민우를 로스터 확장과 동시에 메이저리그로 승격시키는 파격적인 결정을 내리며 그에 대한 기대감이 크다는 것을 보여줬다.

그리고 로스터 합류와 동시에 필라델피아 필리스와의 홈경기 3차전을 통해 드디어 빅 리그 무대에 데뷔하는 기쁨을 누렸다.

이날 벤치에서 교체 명단에 이름을 올린 채 경기를 지켜보고 있던 강민우는 팀이 뒤지고 있던 8회 말 1사 주자 1루 상황에서 켐프의 타석에 대타로 들어섰다.

그리고 상대 투수인 매드슨의 초구 97마일짜리 패스트볼을 노려 폴대를 맞히는 2점짜리 홈런을 만들어냈다.

강민우는 이 홈런으로 데뷔 타석에서 첫 스윙으로 홈런을 날린 선수로 메이저리그 역사에 이름을 남기며 환상적인 데뷔전을 치렀다.

이후 9회 초, 수비에서도 멋진 펜스 플레이로 홈런을 걷어내며 팀을 위기에서 구해내려 노력했지만, 아쉽게도 타선의 불발로 팀은 패배하고 말았다.

이날 강민우는 비록 경기 후반, 교체 투입으로 데뷔전을 치렀지만 그 어떤 선수보다 강렬한 인상을 남기며 그 미래를 기대케 했다.

LA다저스의 조 토리 감독은 "강민우는 아주 열정적인 선수"라고 운을 떼며 "그가 날린 홈런으로 우리는 다시금 희망을 가질 수 있었다. 비록 오늘은 패배했지만 우리는 또 한 명의 푸른 피를 수혈하며 더욱 단단해졌다. 앞으로 치러질 경기에서도 그에게 꾸준히 기회를 줄 것이다"라며 최고 유망주를 향한 무한한 믿음을 보였다.

본 기자는 메이저리거라는 꿈을 이룬 강민우를 LA다저스의 홈 구장인 다저스타디움에서 만나 빅 리그 데뷔를 축하하며 많은 이야기를 나눴다.

▲ 그동안 많은 우여곡절이 있었다. 메이저리거라는 꿈을 이루고 데뷔 타석에서 홈런까지 날렸는데 그 소감이 듣고 싶다.

—처음엔 마이너리그와는 전혀 다른 경기장, 사방을 가득 메우고 있는 관중들의 분위기에 압도됐다. 하지만 곧 수많은 팬 앞에

서 멋진 모습을 보이고 싶어졌다. 마이너리그에서 한 것처럼 메이저리그에서도 하면 된다고 생각하고 타석에 들어섰고, 좋은 결과가 나왔다.

▲ 빅 리그 승격 소식은 어떻게 들었나?

—8월 30일에 들었다. 에이전트가 귀띔을 해줬고, 곧 감독님께서 불러 말씀해 주셨다.

…(중략)…

▲ 빅 리그 콜 업 소식을 들었을 때 기분이 어땠는지 궁금하다 (강민우 선수는 이 대목에서 잠시 눈을 감았다).

—많은 분이 생각났지만 하늘에 계신 아버지, 그리고 한국에서 내 뒷바라지를 하느라 고생하신 어머니의 얼굴이 가장 먼저 떠올랐다. 이제 더 이상 어머니께서 고생하지 않아도 된다는 생각에 기쁘다.

▲ 빅 리그 데뷔로 인해 생활에 많은 변화가 있을 것 같다.

—선수로서 해야 하는 일은 똑같다. 다만 마이너리그에 비해 많은 코치진이 있어서 훈련이 다양한 방법으로 이루어진다. 그리고 앞서 언급했듯이 경기장의 크기나 시설, 관중들의 분위기 등은 마이너리그와 비교할 수 없다. 아! 식사가 엄청나다. 처음 보는 음식도 있어서 놀랐다.

…(중략)…

▲ 올 시즌엔 일정상 아쉽게도 피츠버그의 박찬오, 클리블랜드의 추진수 선수를 만날 수 없다. 만나면 무슨 이야기가 하고 싶나.

─아직 많은 것이 부족하다. 경험도 부족하고, 노하우도 부족하다. 선배님들을 만나면 모든 걸 다 배우고 싶다.

▲ 빅 리그 데뷔라는 꿈을 이뤘다. 앞으로 이루고 싶은 꿈은 무엇인지 궁금하다.

─당장은 없다. 개인적인 목표보다 메이저리그에 적응하는 것에 집중하고 싶다. 특히 다저스가 아직 플레이오프에 진출할 확률이 남아 있기에 굳이 꼽자면 '플레이오프 진출'을 이루는 것이 목표다.

▲ 마지막으로 한국의 팬들에게 한마디 부탁한다.

─비슷한 인터뷰를 했던 기억이 난다. 메이저리그를 보는 많은 팬에게 기쁨을 주는 선수가 되고 싶다. 다치지 않으면서도 기대에 미칠 수 있도록 독하게 뛰겠다. 많이 응원하고 지켜봐 달라.

이제 메이저리그라는 새로운 무대에 올라 긴장이 될 법도 하지만 강민우는 시종일관 미소를 잃지 않았다.

다저스의 '슈퍼 루키' 강민우가 과연 선배 선수들의 뒤를 이어 빅 리그를 평정할 선수로 성장할 수 있을지 그 귀추가 주목된다.

─대한민국 No.1 스포츠뉴스, MonsterSportsNews

이아름 기자.

대형 포털 해외 야구 뉴스 페이지의 메인 화면에 게재된 민우에 대한 기사는 삽시간에 스포츠 뉴스 랭킹 1위로 올라섰고, 포털 검색어에는 민우의 이름이 계속해서 오르내렸다.

수많은 이가 도전했지만 번번이 고배를 마셨던 메이저리거의 꿈을, 마이너리그 진출 1년이 채 안 되어 이루어낸 것은 굉장한 이슈였다.

거기에 박찬오로 인해 한국인들에게 널리 알려진 팀인 LA다저스 소속으로의 데뷔였기에 메이저리그를 잘 모르는 이들의 관심도 한눈에 끌고 있었다.

이전에 떴던 민우에 대한 기사를 접하며 민우에게 관심을 가지고 있던 이들은 메이저리그 승격이라는 소식에 환호성을 내지르고 있었다.

─와~ 대박. 얘 설마 했는데 진짜 메이저리그에 올라갔네. 심지어 잘했어. 홈런 하나 치고 상대 홈런 훔치고. 대박이다.

└켐레기 저리가라네.

└마이너 기록만 봐도 괴물인거 딱 보이지 않음? 아마 메이저리그도 씹어 먹을걸?

└마이너 기록 반만 한다고 해도 시즌 50홈런 거뜬함ㅋㅋ.

ㄴ뭐래. 설레발 ㄴㄴ. 이제 겨우 한 타석임.

ㅡ이게 바로 탈C 효과. 탈C는 과학입니다.

ㄴLC가 내려올 때가 됐는데… 벌써 9월인데? 이러다 진짜 우승하는 거 아냐?

ㄴ그러게, 올해는 진짜 우승각인데.

ㄴDTD는 이렇게 깨지나요.

ㅡ축하한다. 마이너리그에서 한 것만큼만 해주길.

ㅡ내년에 강태성도 가면 타자만 세 명이네. 메이저리그 볼 맛 날 듯.

ㄴ누구 맘대로 가?

ㄴ지금 시즌 1위라고 자만 ㄴㄴ. 삼정이 턱 끝에 붙어 있다.

ㅡ다음 일정이 리그 라이벌인 샌프던데. 그 과격한 애들 사이에서 잘 할 수 있으려나?

ㄴ관중들 도발에 멘탈 무너지지 않을까 걱정이네.

ㄴ뭐 별일 있겠어?

ㅡ(성지인증) 강민우 2010년 40인 로스터 합류로 메이저리그 데뷔한다고 했지?(이전 기사 링크)

ㄴ무슨 점쟁이 문어도 아니고… 혹시 LC도 우승하나요?

ㄴ이번 주 로또 번호 좀 알려주세요.

ㄴ성지순례 왔습니다.

동시에 메이저리그 관련 커뮤니티에 누군가 민우의 홈런 동영상을 게시하면서 이날 하루만큼은 모두의 관심이 민우에게로 쏠렸다.

민우에게 관심을 가지고 있던 다른 신문사에서도 민우의 데뷔 소식을 알리는 짤막한 기사들을 올렸지만 현장의 모습과 세세한 인터뷰가 담긴 아름의 기사만큼의 영양가가 없었기에 곧 금세 묻히고 말았다.

한국에서의 기사와 별개로 미국 언론과의 인터뷰 기사 역시 각종 사이트에 게시가 되며 민우의 데뷔를 알렸다.

특히 데뷔전 첫 타석 초구 홈런이라는 희소성과 파급효과는 생각보다 대단했다.

비록 단 한 경기였지만 이 임팩트 있는 홈런 한 방으로 강민우라는 이름 석 자는 메이저리그의 모든 이들에게 각인이 되었다.

민우의 데뷔 홈런에 메이저리그의 많은 팀은 두 가지 반응을 보였다.

일부 조심성이 많은 팀에서는 당장 민우의 마이너리그 기록을 찾아 세밀히 살펴보기 시작했다.

여기에 타율, 구종 별 타율 등 성적에 영향을 줄 만한 것들을 추가적으로 찾아내기 위해 전력 분석원을 가동시킬 준비를 하고 있었다.

하지만 대부분의 메이저리그 팀은 그런 민우의 홈런에 인상을 받긴 했지만 아직까지는 크게 신경 쓰지 않는 모습을 보였다.

이유는 민우가 경기를 뛰었던 리그의 위치와 그 기간 때문이었다.

민우는 하이 싱글A와 더블A에서 뛴 기간을 다 합쳐도 겨우 3달에 불과할 뿐이었다.

심지어 트리플A에서는 단 한 경기도 뛰지 않았다는 것도 있었다.

민우가 상대했던 투수들의 반 이상은 몇 년째, 싱글A와 더블A를 오가는, 즉 수준이 낮은 선수들이었고, 민우의 기록에 거품이 껴 있다고 생각하고 있었다.

거기에 더해 메이저리그에서도 한두 달간 4할 이상의 타율에 두 자릿수에 가까운 홈런을 때려내는 크레이지 모드를 보이는 타자들도 종종 있었다.

하지만 그런 성적을 시즌 내내 보이는 타자는 한 시즌에 한두 명도 찾아보기가 힘들었다.

마이너리그에서 4할에 가까운 타율을 때리던 타자들도 일부만이 메이저리그에서 살아남고 나머지는 도태되었다는 점도 그들이 그런 생각을 하게 하는 이유였다.

물론 그런 이유만으로 섣불리 그런 판단을 하는 것은 아니었다.

마이너리그는 말 그대로 유망주들의 무대였고, 팀의 개수도 한두 개가 아니었다.

이 때문에 메이저리그 구단에서 타 팀의 유망주들에 대해 심도 깊게 분석을 하는 것은 그 효율과 비용을 무시할 수가 없었다.

이런 이유로 공 하나하나에 대해 분석하고 기록하는 메이저리그의 스카우팅 리포트에 비해 마이너리그 유망주들의 그것은 대체로 부실할 수밖에 없었다.

심지어 자신의 팀에 있는 유망주에 대해서도 제대로 파악을 하지 못해 트레이드 카드로 넘겨 버리는 어처구니없는 경우도 가끔 발생할 정도였다.

이런 점에 더해, 민우는 하늘에서 떨어지듯 갑자기 튀어나온 선수였다. 때문에 그 자료가 다른 선수들에 비해 턱없이 부족했고, 단기간에 빠른 승격을 이루며 제대로 분석이 될 시간이 없었다고 판단한 것이다.

이와 비슷한 경우로 메이저리그에 갓 데뷔한 신인이 첫 해에 맹활약을 하면 그때부터 면밀한 분석에 들어가고는 했고, 그로 인해 맹활약을 보였던 신인 선수가 다음 시즌에 부진한 모습을 경우가 많은 것이기도 했다.

그들은 이후 몇 경기에서의 성적을 더 지켜보고 움직여도 늦지 않다고 생각하고 있었다.

그리고 그런 생각을 하는 팀 중에는 샌프란시스코 자이언츠도 포함되어 있었다.

자이언츠는 다저스를 홈으로 불러들여 3연전을 벌일 예정이었다.

내셔널리그 서부 지구 1위 팀인 샌디에이고 파드리스를 3경기 차로 바짝 쫓고 있는 자이언츠는 당장 민우에 대한 관심을 가지기보다는 다저스의 막강한 투수진을 어떻게 이겨내야 할지에 더 관심을 가지고 있었다.

그렇기에 자이언츠의 보치 감독은 민우라는 다저스 소속 루키의 데뷔 홈런에 대한 소식을 들었지만, 이내 관심을 뒤로 미뤄둔 채, 1차전에서 타순을 어떻게 가져가야 할지에 대해 몰두할 뿐이었다.

제2장

첫 원정—샌프란시스코 자이언츠

　　선수단을 실은 채 활주로를 내달리던 버스가 곧 속도를 서서히 줄여갔다.

　　끼익.

　　잠시 뒤, 버스가 거대한 비행기 옆 부분에 멈춰 서고는 곧 문이 열렸다.

　　버스 안에 자리를 잡고 있던 선수들은 자연스럽게 자신들의 짐을 챙기기 시작했다.

　　민우 역시 그들과 같이 짐을 챙겨 버스에서 내려서며 고개를 들었다.

　　그러고는 자신의 눈앞에 서 있는 거대한 비행기의 모습에 감탄 섞인 표정을 지어 보였다.

"와우."

'저게 다저스 전용기구나…….'

민우의 눈앞에는 하얗고 커다란 다저스의 전용기가 웅장한 자태를 뽐내고 있었다.

'이것도 마이너리그와 메이저리그의 차이겠지.'

마이너리그에서는 3시간이든 5시간이든 항상 버스를 타고 다녔었기에 원정 경기에 비행기를 타고 간다는 것이 실감이 나질 않았다.

"민우, 멍 때리고 있으면 놓고 간다."

귓가로 들려오는 목소리에 정신을 차려보니 선수들은 이미 스텝카의 계단을 오르고 있었다.

그리고 그들의 맨 뒤에서 계단을 오르던 젠슨이 멍하니 서 있는 민우를 발견하고는 그를 불렀던 것이다.

"어."

민우가 대답과 함께 빠르게 그 뒤로 다가가 계단을 올라갔다.

민우가 가까이 다가오자 젠슨은 무엇이 그리 웃긴지 계속 피식거렸다.

"뭐가 그렇게 웃겨?"

민우가 궁금하다는 듯 건네는 물음에 젠슨이 가볍게 고개를 저었다.

"옛날 생각이 나서. 나도 너처럼 전용기를 탄다는 생각에 멍하니 있었던 적이 있었으니까. 안에 들어가면 더 놀랄걸?"

젠슨의 기대하라는 듯한 눈빛에 민우가 잠시 고개를 갸웃거렸다.

민우가 비행기 내부를 잘 볼 수 있도록 옆으로 비켜선 젠슨이 한 손을 들어 안쪽을 가리켰다.

출입구를 지나며 젠슨이 가리키는 모습을 바라본 민우는 그제야 놀랄 거라는 말의 의미를 깨달을 수가 있었다.

'아, 엄청나다.'

전용기의 내부는 일반 항공기와 비슷하면서도 달랐다.

모든 좌석은 민우가 보아왔던 이코노미 좌석과는 달리 전부 퍼스트 클래스의 좌석처럼 널찍널찍한 좌석이 자리를 잡고 있었다.

그리고 민우가 들어선 앞쪽 입구에서 가장 가까운 곳의 좌석들은 비행기에서 볼 수 없는 커다란 테이블에 침대처럼 생긴, 꽤나 편안해 보이는 좌석들로 놓여 있었다.

"와……"

민우가 놀란 표정으로 그 모습을 바라보며 통로를 따라 천천히 걸어 들어갔다.

앞쪽에 자리한 탐이 나게 생긴 좌석들은 이미 감독과 코치진 그리고 고참 선수들이 점령을 한 상태였기에 민우는 그들을 지나쳐 비행기의 안쪽으로 천천히 걸어갔다.

비행기의 중간 부분에는 앞쪽과는 달리 일반적인 좌석들이 늘어져 있었다.

그리고 그 뒤쪽에 위치한 좌석은 앞 좌석과 비슷하게 꽤나 편하게 꾸며져 있었다.

민우는 문득 궁금함이 생기자 고개를 돌려 뒤따라오던 젠슨을 바라봤다.

"젠슨. 이거 아무데나 앉아도 되는 거야?"

그 모습에 젠슨이 가볍게 고개를 저었다.

"아니, 아쉽지만 우리들 자리는 여기야."

젠슨은 곧 민우가 서 있던 바로 옆의 좌석에 자리를 잡았다.

젠슨은 자리를 잡으며 반대쪽 좌석을 가리켰다.

앞뒤, 양쪽에 자리한 좌석들보다는 평범했지만 혼자서 두 자리를 차지할 수 있었고, 이코노미와는 전혀 다른 편안함이 느껴지는 좌석이었기에 민우는 충분히 만족스러움을 느끼고 있었다.

'아쉽지는 않은데 궁금하긴 하네.'

자리에 앉으며 만족스러운 표정을 지어보인 민우는 곧 젠슨을 바라봤다.

"원래 자리가 다 정해져 있는 거야?"

민우의 물음에 젠슨이 살짝 웃어 보이며 고개를 끄덕였다.

그러고는 천천히 민우의 궁금증을 해결해 주기 시작했다.

"전용기 탑승에도 규칙이 있어. 탑승도 감독님, 코칭스태프, 그리고 고참 선수, 마지막으로 우리 같은 신입 선수들이 타는 거지."

"넌 그런 걸 어떻게 다 아는 거야?"

"내가 없었으면 너도 블레이크가 알려줬을 걸?"

젠슨의 당연하다는 듯한 말투에 민우가 이해가 됐다는 듯 가볍게 고개를 끄덕거렸다.

'하긴. 젠슨은 스프링캠프 때 사람들에게 얘길 들었겠지?'

민우의 반응에 젠슨은 곧장 나머지 설명을 이어갔다.

"전용기에는 3개의 구역이 있어. 맨 앞쪽은 코칭스태프와 고참 선수들의 자리. 그리고 비행기의 가운데의 일반 좌석들은 신입 선수들이랑 구단 직원들, 그리고 저 뒤쪽의 널찍한 자리들은 고참 선수 전용이야."

젠슨이 가리키는 곳을 따라 시선을 돌리던 민우는 뒤쪽 자리에 앉아 있던 켐프와 순간 눈이 마주쳤다.

켐프는 민우와 눈이 마주치자 입가에 짓고 있던 미소를 지우며 굳은 표정을 지어 보였다.

그러고는 곧 기분이 나쁘다는 듯 인상을 쓰더니 민우에게서 시선을 돌려 버렸다.

그가 무슨 생각을 하고 있는지 알 것 같았기에 민우는 속으로 코웃음을 쳤다.

'흥, 네 자리 뺏어서 기분 나쁘다 이거냐.'

민우는 켐프의 얼굴을 잠시 뚫어져라 바라보다가 곧 의미심장한 표정을 지었다.

'뭐, 언제까지 그렇게 기고만장할 수 있나 한번 보자고. 네 부진이 곧 내가 주전 자리를 차지하는 거름이 될 테니까 말이야.'

속으로 다시금 목표를 되새긴 민우는 열심히 설명을 하고 있는 젠슨의 말에 다시금 귀를 기울였다.

*   *   *

LA에서 샌프란시스코까지의 비행은 한 시간으로 몹시 짧았다.

몸을 실은 지 얼마 지나지 않아 내려야 하는 이 상황에 민우는 피식 웃음이 나왔다.

'확실히 편하긴 편하네. 이런 차이 때문에 더더욱 메이저리그를 선망하는 거겠지.'

곧, 선수들은 공항 게이트를 빠져나가 구단 버스에 몸을 실을 준비를 마쳤다.

민우는 고참 선수들이 버스에 탑승하는 것을 기다리며 선수들의 짐을 옮겨 싣고 있는 클러비들의 모습을 잠시 바라보고 있었다.

'클러비들이 대신 편의를 봐주고, 선수들은 그만큼 팁을 지

불한다고 했지. 상부상조라고 해야 하나. 봐도 봐도 참 신기하단 말이지.'

이미 지난 경기에서 라커룸에서 더그아웃으로, 그리고 그 반대로 장구를 옮겨주는 모습을 보았던 민우였다.

하지만 항상 자신의 손으로 모든 일을 해결하던 습관이 남아 있었기에 약간의 어색함을 느끼고 있었다.

그 점은 젠슨 역시 마찬가지인 듯, 민우와 같이 약간은 어색한 표정으로 주변을 두리번거리고 있었다.

그렇게 선수들이 버스에 오르는 것을 기다리며 주변을 둘러보던 민우는 한 행인들과 눈이 마주쳤다.

그러자 행인들 중 일부가 자신을 향해 양손 엄지를 아래로 향해 보이며 '우우' 하는 표정을 지으며 지나가 버리는 것을 보고는 고개를 갸웃거렸다.

'뭐지? 지금 나한테 뭐라고 한 건가?'

같이 서 있던 젠슨은 그 모습을 보지 못한 건지 선수들이 버스에 모두 오르자 민우를 향해 고갯짓을 했다.

"민우, 타자."

젠슨의 부름에 애써 조금 전의 일에 신경을 끈 민우가 곧장 버스에 몸을 실었다.

샌프란시스코 자이언츠와의 경기는 저녁 6시 10분으로 예정이 되어 있었다.

다저스의 선수들을 실은 버스는 경기가 시작하기 세 시간여 전에야 AT&T 파크에 도착해 선수들을 내려줬다.

'여기가 AT&T 파크구나. 채터누가는 AT&T 필드였지?'

민우는 잠시 자신이 몸담았던 투박한 구조의 AT&T 필드를 떠올리고는 너무나도 대조적인 두 구장의 모습에 가볍게 미소를 보였다.

자이언츠의 홈구장인 AT&T 파크는 외관의 붉은 벽돌이 인상적인 구장으로 총 수용 인원은 42,000명에 달했다.

특히 구장의 우측으로 샌프란시스코 만이 맞닿아 있는 위치에 자리를 잡고 있어 메이저리그에서도 아름답기로 손에 꼽히는 구장이었다.

이런 AT&T 파크는 박찬오 선수가 개장 첫 승리 투수가 된 곳이었고, 본즈에게 71, 72호 홈런을 맞은 곳으로 한국인들에게 잘 알려진 곳이기도 했다.

AT&T 파크는 상당히 독특한 구조를 가지고 있었는데, 우측에 맥코비 코브(만)를 끼고 있기 때문에 우측 펜스까지의 거리가 309피트(94m)에 불과했다.

이렇게만 보면 펜스를 넘기는 홈런이 쉽게 터질 것 같지만 그런 단점을 상쇄시키는 요소가 두 가지가 있었다.

하나는 펜스까지의 거리가 짧은 대신 7m에 이르는 높다란 펜스가 자리를 잡고 있어 그 거리 차이를 상쇄시킨다는 점이었다.

그리고 다른 하나는 바로 AT&T 파크의 명물, 맥코비 코브에서 불어오는 강한 바닷바람이 타구가 펜스를 넘어가기 힘들게 만든다는 점이었다.

이 두 가지 요소 때문에 우타자가 밀어서 홈런을 때리기란 여간 힘든 구장이 아니었다.

훈련을 위해 그라운드에 나선 민우는 선수들과 워밍업을 하며 AT&T 파크의 독특한 구조를 천천히 살피기 시작했다.

'우중간 펜스까지의 거리가 421피트(128m)로 가장 깊었지. 홈런이 될 법한 타구도 저기선 잡힐 수도 있고, 만약 놓친다면 3루타가 될 확률도 높다.'

구장의 구조를 이리저리 살피던 민우는 곧 센터 방면의 전광판 위쪽에 자리한 게양대를 바라봤다.

게양대에 걸린 깃발들은 격하게 좌측으로 휘날리며 춤을 추는 모습을 보이고 있었다.

'만약 출전하게 되면 오늘은 평소보다 약간 덜 밀어 쳐야 되겠지. 까딱하면 파울이 될 테니까.'

그렇게 경기장의 구조에 대한 파악을 마친 민우는 머릿속을 다시금 정리하고는 훈련으로 합류했다.

경기 시간이 다가올수록 자이언츠의 홈구장, AT&T 파크에는 주황빛 물결이 서서히 들어차기 시작했다.

그들 사이에서 다저스의 색상인 푸르고 하얀 빛깔이 드문

드문 보였지만, 주황빛에 둘러싸인 모습이 조금은 위태위태해 보였다.

그 모습에 자칫 기가 눌릴 것 같은 기분에 민우는 고개를 저으며 양 뺨을 두드렸다.

'확실히 관중수가 많으니까 원정 경기의 분위기 자체가 다르구나.'

지난 필리스 전에서의 데뷔 홈런으로 강한 인상을 남긴 민우였지만, 아쉽게도 오늘도 민우의 자리는 선발 라인업이 아닌 더그아웃이었다.

4번 타자이자 중견수로 나선 켐프의 모습에 아쉬움을 가진 것도 잠시, 다저스의 선발투수인 빌링슬리가 마운드에 오르는 모습이 보이자 사방에 자리를 잡은 자이언츠 팬들에게서 거친 목소리가 들려오기 시작했다.

"Beat LA! Beat LA!"

"Beat LA! Beat LA!"

귓가를 쩌렁쩌렁 울리는 우렁찬 목소리에 민우가 다분히 질렸다는 듯한 표정을 지어 보였다.

'우릴 때려 부수기라도 할 기세인데……. 아까 공항에서 나한테 해보였던 제스처도 비슷한 의미였겠지.'

민우는 잠시 버스에 오르기 전에 마주쳤던 행인의 모습을 떠올리고는 이제야 이해가 된다는 듯 천천히 고개를 끄덕거렸다.

메이저리그의 역사에 능통하지는 않았지만, 다저스와 자이언츠가 라이벌 구단이라는 것 정도는 민우도 익히 알고 있는 사실이었다.

과거 뉴욕에 연고지를 두고 라이벌 관계였던 두 구단은 연고지를 옮기기 위해 1958년 같은 해에 뉴욕을 떠났다.

그런데 두 구단 모두 같은 지역인 캘리포니아로 연고지를 옮겨오면서 뉴욕에서부터 이어져 온 라이벌 관계가 더욱 공고하게 되었다고 알고 있었다.

거의 130년 가까이 라이벌 관계가 이어지고 있었기에 그 역사의 바깥쪽에 서 있던 민우도 이런 분위기가 한편으로는 이해가 됐다.

'뭐, 역사가 어쨌든 간에 우리가 이겨야 할 팀이라는 건 변함이 없지만 말이지.'

민우가 그런 생각을 하는 사이, 빌링슬리가 연습 투구를 마쳤고 곧 주심이 경기의 개시를 알렸다.

*   *   *

경기는 3회까지 투수전으로 이어지고 있었다.

자이언츠의 선발로 나선 좌완 지토는 주무기인 커브에 투심, 포심, 슬라이더, 체인지업을 다양하게 섞어 던지며 다저스의 타선을 속수무책으로 돌려세우고 있었다.

이에 지지 않겠다는 듯, 빌링슬리 역시 자신이 마운드에 오를 때마다 자이언츠 팬들이 외치는 'Beat LA!'라는 구호에 기가 눌리지 않고 패스트볼과 커터를 스트라이크존에 제대로 꽂아 넣는 위력적인 모습으로 무피안타 경기를 이어가고 있었다.

이런 양 팀의 투수전으로 인해 경기는 생각보다 빠르게 진행되고 있었다.

그리고 이런 투수전의 양상 속에서 기회는 다저스에게 먼저 돌아왔다.

폭포수 커브로 유명한 지토는 오클랜드를 떠나 자이언츠와 7년 1억 2,600만 달러의 초대형 계약을 맺은 뒤, 먹튀의 오명을 벗지 못하고 있었다.

하지만 올 시즌 초반, 연일 호투를 보이며 다시금 언터쳐블로 돌아온 모습을 보이며 부활하는 것이 아니냐는 시선을 받고 있었다.

그리고 8월 6일, 애틀란타 원정에서 7이닝 2실점에 삼진 10개를 잡아내는 모습을 보일 때까지만 하더라도 팬들의 기대를 충족시키는 모습을 보이고 있었다.

하지만 8월 중순이 지나며 지토는 완전히 다른 사람이 되어버렸다.

8월 17일부터 8월 28일까지 4경기에서 연속 4패.

이중 선발로 나선 3경기에서 평균 4이닝을 채 채우지 못하는 모습을 보였다.

여기에 8월 25일, 신시내티와 11 대 11로 팽팽히 맞서고 있던 경기에서 연장 12회 초, 패배를 막기 위해 등판했지만 1이닝 동안 3안타 1실점을 하며 완전히 무너지고 말았다.

이처럼 지토는 후반기 들어 급격하게 무너지는 등의 체력에 문제를 보이며 부활을 기대하던 자이언츠 팬들에게 급격한 실망을 안겨주고 있었다.

그리고 오늘 경기에서도 4회에 들어서자 지토의 문제점이 다시금 드러나기 시작하고 있었다.

4회 초, 타순은 한 바퀴를 돌아 다저스는 다시금 1번 타자부터 공격이 시작되고 있었다.

앞선 타석에서 허무하게 삼진을 당했던 캐롤이 지토의 초구 투심 패스트볼을 건드려 다시금 허무하게 3루 땅볼로 아웃이 되며 투수전이 이어질 듯 보였다.

마운드 위의 지토가 포수의 사인에 고개를 끄덕이고는 천천히 공을 뿌렸다.

슈우욱!

그 손을 떠난 공은 크게 떠오른 뒤, 큰 낙폭을 그리며 아래로 떨어져 내렸다.

하지만 그 모습은 경기 초반 엄청난 낙폭으로 휘어지던 커브와는 약간의 차이가 있었다.

그리고 그 차이를 인지했다는 듯, 타석에 서 있던 테리엇의 배트가 빠르게 튀어나와 지토의 커브볼을 가볍게 걷어냈다.

딱!

툭 건드리듯 때려낸 타구는 3루수 방향으로 낮게 쏘아졌다.

"핫!"

자이언츠의 3루수인 산도발이 그 타구를 잡기 위해 거구를 공중으로 띄우는 모습을 보였지만 중력의 힘을 거스르기는 힘들었는지 곧 허공만을 휘저은 채 그라운드로 내려오는 모습을 보였다.

산도발의 키를 아주 살짝 넘긴 타구는 곧 데굴데굴 구르며 좌익수의 앞으로 굴러갔다.

좌익수가 타구를 잡기 위해 빠르게 내려왔지만, 그사이 테리엇은 여유 있게 1루를 밟은 뒤, 2루로 몇 걸음을 더 옮기는 몸짓을 보이고 있었다.

테리엇의 손에서 다저스의 첫 안타가 만들어지자, 드문드문 앉아 있던 다저스의 팬들이 조심스레 환호성을 내질렀고, 반대로 자이언츠의 팬들은 아쉬운 표정으로 가볍게 탄식을 내뱉었다.

─아~ 2구째 커브를 툭 건드린 타구는 외야로 흘러갑니다.

3회까지 완벽투를 보이고 있던 지토 선수의 퍼펙트를 깨뜨리며 테리엇이 오늘 경기의 첫 안타를 뽑아냈습니다.

팀의 첫 안타가 테리엇의 손에서 터지자 더그아웃의 분위기가 일순 환해졌다.

"좋아!"

"나이스 배팅!"

"이디어! 한 방 날려 버려!"

이디어는 다저스 타선에서 유일하게 제 몫을 해주고 있었기에 자이언츠 배터리의 머리도 빠르게 돌아가고 있었다.

지난 시즌 혜성처럼 나타난 포수 유망주 포지는 자이언츠의 기대에 걸맞게 올 시즌 자이언츠의 주전 포수 자리를 완전히 꿰차고 공수에서 맹활약을 보이고 있었다.

포지는 타석으로 들어서는 이디어를 힐끔 쳐다보고는 대기 타석에 들어서는 켐프를 바라봤다.

그러고는 둘의 최근 성적과 컨디션을 생각하며 빠르게 머리를 굴리기 시작했다.

'이디어는 최근 3경기에서 12타수 3안타였고, 켐프는 최근 3경기에서 12타수 1안타였지. 특히 켐프는 7경기 동안 홈런성 타구가 하나도 나오지 않았고. 오늘 경기에서 보니 이디어는 배트가 그럭저럭 따라 나왔지만 켐프는 타이밍이 제대로 맞지 않았다. 이디어에게 정면 승부를 걸기보다는 역시 켐프를 상

대하는 게 이득이겠지. 병살타를 유도해 보는 게 좋겠어.'

빠르게 정리를 마친 포지는 곧장 다리 사이로 손을 넣으며 지토에게 사인을 전달하기 시작했다.

'최대한 낮게. 볼로 빠지는 공도 상관없어. 철저하게 유인구로 가자고.'

지토는 자신의 제구가 흔들리는 것을 알고 있었기에 좋은 선택이라고 판단한 듯 가볍게 고개를 끄덕였다.

그러고는 1루에 있는 주자를 힐긋 바라보고는 특유의 빠른 하이 키킹과 함께 공을 뿌리기 시작했다.

슈우욱!

툭!

팍!

"볼!"

초구는 커브를 선택했지만 완벽히 제구가 되지 않고 크게 바운드되고 말았다.

몸을 웅크리며 바운드된 공을 몸으로 막아낸 포지가 곧장 공을 주워 들어 1루 주자를 견제하는 동작을 보였다.

전혀 뛸 틈을 주지 않는 포지의 완벽한 포구에 1루에 나가 있던 테리엇은 몇 걸음을 채 떼지 못한 채 다시 1루로 돌아가야 했다.

제구가 되지 않는 커브는 유인구로서 그 가치가 떨어졌다.

이디어의 배트가 움찔하지도 않는 모습에 포지는 곧장 볼 배합을 변경하기 시작했다.

2구는 슬라이더로 다시 볼, 3구는 기습적인 하이 패스트볼로 스윙 스트라이크를 이끌어냈다.

그리고 4구로 체인지업을 던졌지만 너무 크게 떨어지며 볼이 되었고, 5구째 존 한가운데로 기습적으로 꽂아 넣은 포심 패스트볼에 이디어의 배트가 크게 헛돌며 스트라이크가 되었다.

"아!"

이디어는 그 공이 아깝다는 듯 아쉬운 표정을 지은 채 배트를 뚫어져라 쳐다보고는 다시금 자리를 잡았다.

3볼 2스트라이크. 풀카운트 상황.

상대 배터리와 마찬가지로 이디어의 머리도 빠르게 돌아가기 시작했다.

'변화구보다는 계속해서 패스트볼에 타이밍이 맞질 않고 있으니까 패스트볼을 던질 확률이 높다. 존 안쪽이면 건드린다.'

이디어가 생각을 하는 사이, 사인 교환을 마친 지토가 다시금 투수판을 밟았다.

슈우우욱!

특유의 하이 키킹과 함께 쏟아진 공이 스트라이크존의 위쪽으로 날아오는 모습에 이디어는 돌아가던 배트를 억지로 멈춰 세웠다.

팡!

"베이스 온 볼스."

스트라이크존보다 한 뼘 정도 위쪽으로 들어오는 패스트볼이었고, 이디어의 배트가 따라 나오지 않으며 주자는 1, 2루 상황이 만들어졌다.

이디어가 1루로 천천히 걸어가는 모습을 바라보던 민우는 대기 타석을 벗어나 타석으로 들어서는 켐프의 뒷모습을 말없이 바라보고 있었다.

앞선 타석에서 지토의 커브볼에 휘청거리며 삼진을 당했던 켐프였다.

'이런 생각을 하면 안 되겠지만, 솔직히 기대가 되지는 않는데.'

민우는 타격 훈련 때의 켐프의 모습을 떠올리고는 가볍게 고개를 저었다.

곧, 지토가 1루와 2루를 차례대로 훑어본 뒤, 빠르게 공을 뿌렸다.

슈우욱!

부웅!

팡!

"스트라이크!"

지토의 손에서 떠난 공은 가볍게 떠오르더니 곧장 아래쪽으로 푹 하고 꺼지는 모습을 보였다.

스트라이크존의 한참 아래쪽으로 떨어지는 커브볼이었지만

위력적인 궤적에 켐프의 배트는 삼진을 당할 때처럼 허공을 크게 가르고 말았다.

"아~"

"신중하게 봐! 신중하게!"

그 모습에 더그아웃에서 가볍게 아쉬움을 내비치는 소리들이 들려왔다.

간만에 제대로 제구가 된 지토의 커브볼에 민우가 감탄의 시선으로 그 공을 바라봤다.

'제대로 제구가 된다는 가정하에서라면 정말 무서운 공이야. 그 궤적이 전부 다르니까.'

경기 초반에 지토가 뿌려대던 커브는 민우의 상상을 뛰어넘는 궤적을 보여줬다.

위로 크게 떠올랐다가 완전히 바운드되는 공부터 시작해서 밋밋하게 떠올라 날아오다 홈 플레이트 앞에서 푹 꺼지는 공에 공을 떨어뜨리는 위치도 제각각이었다.

커브 하나가 보이는 궤적이 한두 가지가 아닌 것에 민우는 놀라움을 금치 못 하고 있었다.

'마이너리그에서도 약간의 변화를 주는 녀석들은 가끔 있었지만, 한 구종을 저 정도로 극단적으로 변화를 줄 수 있다니. 만약 전성기 때 상대했다면 내가 지토의 커브를 때려낼 수 있었을까?'

그런 생각을 하니 가슴이 두근거렸다.

지금 당장에라도 켐프 녀석을 끌어내고 타석에 들어서 지토의 커브를 상대해 보고 싶었다.

하지만 이내 민우는 가볍게 고개를 저었다.

'기회가 지금만 있는 건 아니니까. 지금 당장은 내가 아니라 저 녀석이 문제인데.'

민우의 관심은 지토의 커브에서 벗어나 초구부터 크게 헛스윙을 하며 볼썽사나운 모습을 보인 켐프에게로 돌아갔다.

첫 공에서 보여준 커다란 스윙은 이번 이닝을 자신이 책임지겠다는 의욕이 보이는 스윙이었다.

하지만 한편으론 과욕이 담긴 스윙이기도 했다.

배트 끝을 잡은 채, 시작부터 과한 힘이 담긴 스윙이었기에 브레이킹 볼에 제대로 대응할 수 없을 것으로 보였고, 결과도 크게 다르지 않았다.

'욕심이 너무 앞서 있어.'

민우의 눈엔 켐프의 스윙으론 오늘 경기가 힘들 것이라는 생각이 들었다.

슈우욱!

팡!

"볼!"

지토는 2구째로 체인지업을 선택했는데 스트라이크존의 아래쪽으로 크게 빠져나갔고, 켐프의 배트도 잠시 움찔거리고는 다시 되돌아가는 모습이었다.

'저 녀석이 한 방을 때려내야 분위기를 완전히 가져올 텐데. 훈련에서의 모습을 생각하면… 아마 힘들겠지. 병살을 때리지 않기만을 바라야 할 정도니까.'

투수전이 이어지고 있는 상황에서는 한 점, 한 점이 소중했다.

하지만 켐프의 타격감을 생각할 때, 지토가 흔들리고 있는 것과는 별개로 켐프의 손에서 점수를 내기란 꽤나 버거워 보였다.

'저 녀석이 과거에 어떤 모습을 보였는지는 모르겠지만 제대로 돌아오려면 꽤나 걸릴 거야. 뭐, 내 입장에서는 녀석이 죽을 쒀야 출전 기회가 돌아오겠지만.'

팀을 생각한다면 켐프가 큰 것 한 방을 때려줘야 하지만, 민우 자신만을 생각한다면 켐프가 죽을 쒀야 하는 딜레마가 있었다.

'뭐, 가장 좋은 건 내가 주전을 맡아서 남은 경기에서 맹활약을 하는 거겠지만. 건방질지도 모르지만, 저 녀석보다는 잘할 자신이 있으니까.'

시즌 타율 2할 초반에 최근 3경기에서 0.083의 타율을 보이고 있는 켐프보다 못하는 것도 아마 힘들 거라는 생각이었다.

슈욱!

지토의 손을 떠난 공이 다시 한 번 크게 떠올랐고, 동시에 타이밍을 재던 켐프의 배트가 빠르게 돌아 나왔다.

하지만 지토의 공은 이전의 커브보다 더 느리고, 더 아래로 떨어지고 있었다.

마치 슬로우 커브와 비슷한 모습에 민우의 두 눈이 휘둥그레졌다.

'구속을 떨어뜨렸어?'

커브의 타이밍에 배트를 가져가던 켐프는 생각보다 더 느리고, 더 떨어지는 커브의 궤적에 이를 악물고 배트를 늦추려 노력했다.

툭!

하지만 그 노력이 무색하게 배트 헤드 부분과 맞부딪친 공은 낮게 바운드되며 빠른 속도로 3루수가 서 있는 곳으로 쏘아졌다.

동시에 다저스 더그아웃을 지키고 있던 모든 이들이 타구를 쫓아 시선을 돌렸다.

─떨어지는 공. 당겨 칩니다만! 바운드된 타구는 곧장 3루수의 글러브로 빨려 들어갑니다!

빗맞았음에도 강하게 쏘아진 타구였지만, 3루수는 메이저리거답게 부드러운 스텝을 밟으며 타구를 잡아냈다.

뒤이어 곧장 글러브에서 공을 뽑아낸 3루수가 2루를 향해 잽싸게 뿌렸다.

슈욱!

팡!

"아웃!"

그 모습에 2루로 향하던 이디어가 1루로의 송구를 방해하기 위해 큰 동작으로 슬라이딩을 시도했다.

하지만 그 노력이 무색하게 2루수는 베이스를 가볍게 터치하고는 곧장 1루로 공을 뿌렸다.

슈욱!

팡!

"아웃!"

켐프가 1루를 채 몇 걸음 남겨두지 않았을 때, 공은 이미 1루에 도달해 있었고, 주심은 주먹을 들어 보이며 가볍게 아웃을 선언했다.

―2루 송구! 선행 주자 아웃! 그리고~ 1루! 1루에서도 아웃입니다. 완벽한 더블 플레이가 만들어지며 이닝이 종료되고 맙니다.

―아~ 전혀 타이밍이 맞지 않는 스윙이었습니다. 모처럼 찾아온 기회를 켐프 선수가 병살타로 허무하게 날려 버리고 마는군요.

주심의 곁을 스쳐 지나가던 켐프가 화가 난다는 듯, 헬멧을 벗어 바닥으로 내던지는 모습을 보였다.

그러고는 화를 삭이려는 듯 눈을 감은 채 고개를 하늘로 젖히는 모습을 보였다.

1루 좌석에 있던 자이언츠의 팬들은 그런 켐프를 바라보며 환한 웃음을 보이고 있었다.

"푸하하! 켐프! 역시 너밖에 없다!"

"샌프란시스코에 언제든지 놀러 와라. 소시지 정도는 사줄게!"

귓가를 울리는 자이언츠 팬들의 도발에 켐프는 미간을 찌푸렸지만, 장갑과 보호 장구를 거칠게 벗어 코치에게 건네는 것으로 화를 삭이는 모습이었다.

절호의 기회를 날려먹은 켐프의 뒷모습을 바라보던 더그아웃의 분위기는 아쉬움만이 가득 느껴지고 있었다.

"켐프 녀석 스윙이 너무 큰데."

"지토 녀석을 강판시켜야 자이언츠 불펜에도 과부하가 걸릴 텐데. 오늘은 조금 힘드려나."

민우 역시 팀의 득점에 실패한 것에 아쉬움을 느끼며 켐프에게 곱지 않은 시선을 보내고 있었다.

'저런 식으로는 팀에 폐만 끼칠 거야.'

1루에 서 있던 켐프는 글러브를 받아 들고는 곧장 수비 위치로 달려 나가고 있었다.

이어 다른 선수들이 수비 위치로 빠져나가며 더그아웃이 조금은 널널해졌다.

민우는 각자의 수비 위치로 향하는 선수들을 말없이 바라보고 있었다.

"민우야, 감독님한테 가서 출전시켜 달라고 졸라봐라."

순간 옆에서 들려오는 목소리에 민우가 고개를 돌렸다.

어느새 옆으로 다가왔는지 오늘은 존슨에게 좌익수 자리를 내어준 기븐스가 민우를 향해 짓궂은 표정을 지어 보이고 있었다.

"예?"

민우가 그게 되겠냐는 듯이 놀란 표정을 지어 보이자 기븐스가 민우의 어깨를 가볍게 두드리며 미소를 지어 보였다.

"놀라긴. 농담이야, 인마. 그냥 네가 저 녀석들을 부럽게 쳐다보고 있는 게 안타까워서 그런다."

"하하. 저는 괜찮은데요."

"인마, 솔직하게 그냥 부럽다고 해."

기븐스는 말을 꺼내고는 돌연 진지한 표정을 지어 보였다.

그 모습에 민우도 낌새채고는 곧 웃는 낯을 지우고 굳은 표정으로 기븐스를 바라봤다.

기븐스는 잠시 주변을 가볍게 훑어보고는 다시금 민우에게로 시선을 돌렸다.

"얼핏 들었는데 켐프 저 녀석, 태도 문제로 감독님이랑 알게 모르게 불화가 좀 있는 것 같더라. 그런데도 우리 인자하신 감독님은 저 녀석 하나 살려보겠다고 어르고 달래고 계셨단다. 다들 티는 안내지만 저 녀석의 거만함 때문에 팀 분위기 흐트러질 뻔한 적도 여럿 있었거든.”

기븐스의 이야기에 민우는 고개를 돌려 수비에 임하고 있는 켐프를 바라봤다.

'대충은 알겠네. 처음부터 시비조로 나올 때부터 예상은 했으니까.'

민우를 잠시 바라보던 기븐스도 곧 켐프에게로 시선을 돌리며 천천히 말을 이었다.

“지금까지야 프랜차이즈 스타이기도 했고, 중견수 자원도 없었다지만, 이젠 아니잖냐. 시즌 내내 풀타임으로 뛰게 해주던 켐프를 너 오고 나서 교체 아웃시키는 걸 보면 감독님도 인내심에 한계가 온 것 같고 말이지. 아마 저 녀석이 이제라도 변화된 모습을 보이지 않는 이상 앞으로는 더 자주 그럴 것 같다.”

기븐스의 이야기에 민우는 토리 감독과의 면담을 잠시 떠올리고는 고개를 끄덕였다.

'분명 기회는 누구에게나 공평하게 준다고 하셨지. 생각해보면 지금 다저스의 라인업도 결국은 매일 변화하고 있잖아. 고정이라고는 좋은 모습을 보이고 있는 이디어랑 저 녀석, 켐프뿐이었지.'

이디어 역시 켐프와 마찬가지로 다저스에서 데뷔하고 쭉 몸을 담아온 프랜차이즈 스타 중 한 명이었다.

하지만 켐프와 달리 이디어는 제 역할을 톡톡히 하고 있었기에 그 선발 출장이 충분히 이해가 되는 대목이었다.

민우가 자신의 이야기에 머리를 복잡하게 굴리는 듯 보이자 기븐스가 가볍게 그 어깨를 두드려 주었다.

"그러니까 너무 부러워하거나 초조해하지 마라. 아마 교체 출장은 꾸준히 할 거야. 그리고 네가 그 기회에서 좋은 성적을 보이면 나중엔 선발 출전도 꿈은 아닐 거다."

기븐스의 다독임에 민우가 가볍게 고개를 끄덕였다.

알고 있다고 하더라도 벤치만을 덥히는 것은 그리 좋은 기분이 아니었다.

거기에 지난 번 경기에서의 홈런의 짜릿함이 아직 몸에 남아 있었기에 경기에 출전하고자 하는 욕구가 샘솟고 있기도 했다.

민우가 티를 내지는 않았지만 노장인 기븐스는 그런 민우의 감정을 어떻게 알고는 이렇게 다가와 풀어준 것이었다.

'이래서 베테랑이 있는 팀이 꾸준히 좋은 모습을 보인다고 하는 건가?'

잠시 그런 생각과 함께 채터누가에서 인연을 맺었던 스미스를 떠올린 민우가 기븐스를 바라보며 미소를 지어 보였다.

"생각해 주셔서 고마워요. 덕분에 머리가 맑아지는 것 같네요."

민우의 감사 인사에 기븐스가 입꼬리를 말아 올리며 고개를 끄덕였다.

"도움이 되었다니 다행이구만. 사실 지난 경기에서 네 녀석의 홈런에 가슴이 뻥 뚫리는 것 같았거든. 묵은 똥이 내려가는 기분이랄까?"

기븐스의 더러운 표현에 민우의 미소가 순간 일그러졌다.

"푸하핫. 뭐, 표현이 그렇다는 거지. 너도 알다시피 중요할 때 한 방을 해준다는 건 그런 느낌이잖냐."

"후후. 예, 이해는 한 방에 됐어요."

민우가 기븐스의 능청스러운 모습에 웃음을 보이며 대답했다.

딱!

그라운드를 울리는 타격음에 시선을 돌리니 2아웃 상황에 들어선 자이언츠의 4번 버렐이 유격수 앞 땅볼을 때리고는 열심히 1루를 향해 뛰어가는 모습이 보였다.

하지만 그 노력이 무색하게 캐롤의 잽싼 송구는 어느새 1루에 도착하며 3아웃이 채워지고 있었다.

수비가 끝나자 선수들이 달려오는 모습에 기븐스가 다시금 민우의 어깨를 두드렸다.

"그 전까지는 잘하라고 열심히 응원이나 해주자."

그 모습에 민우도 미소를 지은 채 가볍게 고개를 끄덕였다.

6회 말, 다시금 마운드에 오른 빌링슬리는 자이언츠의 선두 타자인 8번 유리베를 포수 팝 플라이로 가볍게 돌려세우며 1아웃을 잡아냈다.

그리고 타석으로 들어서는 9번 타자의 모습에 관중들이 가볍게 박수를 치는 모습이 보였다.

9번 타자로 들어선 선수는 자이언츠의 선발 투수, 지토였다.

지토는 지난 세 경기에서의 부진한 모습을 보이며 이닝 이터로서의 면모를 보여주지 못했기에 항상 두 번째 타석에는 대타가 들어서곤 했었다.

하지만 오늘 경기에서는 비록 지속적으로 불안한 모습을 보이고 있었지만 이전의 부진을 떨쳐내는 무실점 호투를 보이고 있었다.

6회 말의 타석에 들어섰다는 것은 이후에도 계속해서 공을 던지겠다는 의미이기도 했기에 자이언츠의 팬들이 환호를 보내고 있었던 것이다.

하지만 그런 의도와는 별개로 빌링슬리의 구위는 여전히 위력적이었다.

경기가 중반에 이르자 포심 패스트볼과 커터에 더해 커브와 투심을 적절하게 섞어 던지며 타자들에게 빈틈을 허용하지 않고 있었다.

자이언츠의 타자들이 헛방망이를 휘두르는 빌링슬리의 공을 타율이 1할에 불과한 지토가 때려내기엔 부족한 감이 있었다.

슈욱!

팡!

"스트라이크 아웃!"

지토를 깔끔하게 삼진으로 돌려세우며 2아웃을 채운 빌링슬리는 1번 타자인 토레스마저 연속 삼진으로 돌려세우며 6이닝 퍼펙트를 이어갔다.

지토의 의지와 별개로 다저스의 선발투수인 빌링슬리에게 볼넷 하나만을 얻어낸 채, 단 한 개의 안타도 뽑아내지 못하며 무기력하게 돌아서는 자이언츠 타자들의 모습은 팬들의 기대에 미치지 못하고 있었다.

경기가 진행될수록 자이언츠 팬들의 'Beat LA!'구호에는 초반의 그 기세가 담겨 있지 않은 듯이 느껴지고 있었다.

토리 감독은 자이언츠의 보치 감독이 지토를 내리지 않는 모습에 가볍게 고개를 끄덕이고는 타격 코치인 매팅리를 바라봤다.

"켐프를 빼고, 민우를 투입하지."

토리의 교체 지시에 매팅리가 켐프를 잠시 바라봤다.

켐프는 무서운 표정을 지은 채 배트를 뽑아 들고 더그아웃을 나갈 준비를 하고 있었다.

"켐프 녀석이 민우에게 칼을 갈고 있던데, 괜찮겠습니까?"

매팅리의 이야기에 토리 감독이 천천히 고개를 끄덕였다.

"녀석에겐 오히려 이게 더 자극이 될 거야. 마이너리그에서 갓 올라온 루키가 자기 자리를 위협하는 것만큼 좋은 자극제는 없겠지."

토리 감독이 자신의 생각을 넌지시 말해주자 매팅리 역시 공감한다는 듯 고개를 끄덕였다.

"그리고 우리로서는 저 녀석이 하루 빨리 자리를 잡는 것도 좋지 않겠나. 물론 저 녀석이 지토를 흔들 수 있다면 더 좋고. 민우에게 어서 준비하라고 전하게."

"알겠습니다."

매팅리가 움직이고 잠시 뒤, 민우가 배트와 헬멧을 챙겨 들었다.

그런 민우의 옆으로 다가간 기븐스가 민우의 어깨에 손을 걸치며 미소를 지어 보였다.

"너무 욕심 부리지 말고, 안타만 때린다고 생각해. 지금은 큰 거 한 방도 중요하지만 출루해서 저 녀석을 흔드는 것도 나쁘지 않으니까."

기븐스의 조언에 민우가 웃음을 보이며 고개를 끄덕였다.

"예, 명심할게요."

툭툭!

기븐스는 그런 민우의 엉덩이를 가볍게 두드려 줬다.

민우는 곧장 더그아웃을 빠져나갔다.

그리고 잠시 뒤.

쾅! 쾅!

더그아웃 한 쪽에서 무언가 부딪히는 소리가 들려왔다.

시선을 돌린 선수들은 켐프의 굳어진 표정을 발견하고는 애써 그를 외면한 채 다시금 그라운드를 바라볼 뿐이었다.

―자이언츠의 마운드에는 여전히 지토 선수가 올라 다저스의 타선을 상대할 준비를 하고 있습니다. 7회 초, 다저스의 공격은 4번 타자인 켐프의 타석에서 시작되겠는데요. 아, 다저스에서 대타를 투입합니다. 다저스의 슈퍼 루키죠? 73번, 중견수 강민우 선수입니다.

―이건 토리 감독의 작전이라고 봐야 할까요. 강민우 선수는 지난 데뷔 경기에서도 켐프 선수의 타석에 대타로 들어왔었는데, 초구를 통타해 폴 대를 맞히는 2점짜리 홈런을 만들어냈었습니다.

―2할 초반에 허덕이며 부진하고 있는 켐프 선수 대신 지난 경기에서 홈런을 때려낸 강민우 선수에게 기회가 주어졌군요. 과연 그 선택이 옳은 것인지 한번 지켜봐야겠습니다.

'저 커브를 상대해 보고 싶다고 생각했더니, 정말로 이루어졌네.'

민우는 타석에서 몇 걸음 떨어진 채, 연습 투구를 하고 있던 지토의 모습을 유심히 지켜보고 있었다.

가슴 앞까지 무릎을 끌어 올린 뒤 부드럽게 스트라이드를 내디디며 공을 뿌리는 동작이 물 흐르듯 이루어지는 모습은 감탄스럽기까지 했다.

'문제는 역시 커브겠지.'

4회 초, 위기를 겪은 이후, 매 이닝마다 안타 하나씩을 허용하고 있는 지토였지만 모두 포심 패스트볼을 통타당한 것이었다.

자신의 주무기인 커브의 제구는 다시금 다잡은 듯 그 무브먼트 하나만큼은 가히 일품이었다.

이윽고 지토가 연습 투구를 마치는 모습에 민우가 천천히 배터 박스에 들어서 바닥을 다지고는 자리를 잡으며 고개를 들었다.

굳게 다문 입술과 민우를 바라보는 강인한 눈빛은 민우의 출루를 절대로 허용하지 않겠다는 의지가 담겨 있는 듯 느껴졌다.

그 모습에 민우는 속으로 어색하게 웃어 보였다.

'잘생긴 사람은 그냥 쳐다만 봐도 느낌이 다르다더니. 눈빛이 다르게 느껴지네.'

지토는 메이저리거 중에서도 연예인 뺨치는 외모를 가진 것으로 유명하기도 했다.

남자가 봐도 꽤나 잘생긴 외모였는데, 정면으로 그 눈을 마주하자 위압감이 느껴지는 한편, 약간의 부러운 마음도 생기고 있었다.

하지만 그런 잡다한 생각도 잠시, 민우는 다시금 지토가 던질 초구에 대한 생각에 집중했다.

'가장 자신 있는 구종은 역시 커브겠지.'

민우는 곧 정석대로 패스트볼을 대비하며 타이밍을 유지하되 커브를 노려보리라 생각했다.

민우가 결정을 내림과 동시에 포지의 사인을 받은 지토가 굳은 표정으로 몸을 틀며 투수판을 밟았다.

그리고 이윽고 특유의 하이 키킹과 함께 부드러운 동작으로 팔을 휘둘렀다.

슈우욱!

지토의 손을 떠난 공은 살짝 떠오르는 듯 느껴졌다.

그 공을 눈으로 쫓음과 동시에 민우는 그 예상 궤적을 머릿속에 그렸다.

'낮은 커브?'

그 모습에 민우가 커브의 타이밍에 맞추기 위해 스트라이드를 가볍게 한 번 더 내디디며 배트를 돌리는 순간.

'어?'

슈우욱!

부웅!

팡!

"스트라이크!"

지토가 뿌린 공은 예상보다 훨씬 빠르게 그리고 높게 홈 플레이트 위로 지나갔다.

그리고 뒤늦게 홈 플레이트 위를 돌아간 민우의 배트는 허공만을 가르고 말았다.

민우는 황당한 표정을 지은 채 마운드 너머로 보이는 전광판을 바라봤다.

전광판에 찍힌 구속은 86마일(138㎞)이었다.

'패스트볼이었어.'

패스트볼이라는 걸 알았더라면 무조건 때려낼 수 있었던 공이었다.

하지만 지토의 커브에 너무 집중한 나머지 패스트볼이라는 것을 인지하지 못하고 말았다.

미트에 꽂힌 공을 지토에게 다시 던져준 포지는 민우의 반응을 보며 가볍게 미소를 짓고 있었다.

'여러 가지 의미로 마이너리그에서는 절대로 볼 수 없는 공이니 당황스럽겠지.'

포지는 민우가 배터 박스의 가장 앞쪽에 앉는 것에 곧장 스카우팅 리포트에 적힌 그의 특징을 이미 뇌리에 떠올린 상태였다.

포지는 민우를 안일하게 상대했던 필리스의 포수, 루이즈와는 전혀 다른 타입의 포수였다.

아무리 신인 타자라도 그에 대해 철저하게 분석하고 대응하는 것이 포지였다.

포지는 다저스와의 3연전에 대비하기 위해 다저스 선수들의 자료를 다시금 살펴보면서 자연스럽게 민우의 승격 소식과 홈런 소식을 동시에 확인했다.

곧 포지는 혹시나 민우의 출장을 대비해 그에 대해 알 수 있는 모든 것을 살펴보기 시작했다.

비록 민우에 대한 자료는 턱없이 부족했지만 그의 타격 스타일을 분석하는 데는 몇 가지 자료만으로도 가능했다.

'배터 박스의 앞쪽에 자리를 잡고, 배트 스피드가 빨라 패스트볼 대처 능력이 뛰어나다고 했지. 하지만 배트 스피드가 빠르다고 해서 굳이 배터 박스의 앞쪽에 자리를 잡을 필요는 없어. 그럼에도 배터 박스의 앞쪽에 자리를 잡았다는 건… 역시 변화구에 대한 대응 능력이 떨어질 확률이 높다는 거지.'

변화구에 대한 대처 능력이 떨어지는 타자들은 대체로 자신의 약점을 메우기 위해 변화구에 대한 대비에 더욱 신경을 쓰게 마련이었다.

그리고 그런 타자들은 의외로 자신들이 강점을 가진 패스트볼을 놓치는 경우를 심심치 않게 보이기도 했다.

'이 녀석처럼 경험이 부족한 타자라면 더욱 그렇지.'

포지는 지토의 패스트볼과 다양한 변화구라면 민우를 충

분히 혼동시킬 수 있으리라고 판단했고, 초구로 살짝 떠오르는 것처럼 보이는 하이 패스트볼을 요구한 것이었다.

그리고 초구에 대한 민우의 반응을 볼 때 그 판단은 어느 정도 먹혀 들어갔음을 알 수 있었다.

'아마 당황스러울 거야. 떠오르는 것만 보고 커브인 줄 알았을 테니까. 그리고 지금부터가 진짜 시작이다.'

포지는 생각과 함께 다리 사이로 손을 넣고 빠르게 움직이기 시작했다.

그리고 사인을 받은 지토는 처음과 마찬가지로 굳은 표정으로 투수판을 밟고는 부드러운 동작으로 공을 뿌렸다.

슈우욱!

종전과 같은 궤적으로 살짝 떠오르는 모습에 민우의 두 눈이 빛났다.

'같은 공!'

그리고 처음에 봤던 그 공의 타이밍에 맞춰 스트라이드를 내딛고는 허리의 회전을 시작했다.

그런데 순간 시야에서 공이 뚝 떨어져 내리는 모습에 민우의 두 눈이 크게 떠졌다.

'커브?'

너무나도 빨리 돌아가는 배트였기에 억지로 멈추더라도 배트가 홈 플레이트를 넘어가며 하프 스윙이 될 확률이 높았다.

찰나의 순간, 판단과 동시에 민우가 무릎을 가볍게 굽히며 허리의 회전을 늦추고는 배트를 아래쪽으로 쭉 뻗었다.

모두가 헛스윙을 예상할 때.

따악!

떨어지던 공이 배트의 스위트 스폿에 맞으며 깨끗한 타격음이 그라운드에 울려 퍼졌다.

하지만 그 타이밍의 간격을 완전히 줄이지 못한 듯, 낮게 쏘아진 타구는 크게 당겨진 채 우측 파울라인을 향해 날아가기 시작했다.

―제2구! 쳤습니다! 우측으로 뻗어가는 날카로운 타구! 우익수가 잽싸게 쫓아갑니다!

그와 동시에 민우가 배트를 내던지고는 뜀박질을 시작했다.

'안쪽으로 들어가라!'

간절한 시선으로 크게 휘어지는 타구를 바라보던 민우의 발걸음이 곧 느려졌다.

그리고 그 표정에 아쉬움 가득한 미소가 지어졌다.

타구를 바라보고 있던 1루심이 양팔을 위로 들어 올리며 파울인 것을 확인해 주었기 때문이었다.

―아슬아슬하게 파울라인 바깥으로 벗어나며 파울이 되고 말았습니다! 자이언츠의 팬들이 꽤나 놀란 표정을 지어 보입

니다!

터덜터덜 돌아와 배트를 집어 들며 민우가 빠르게 머리를 굴리기 시작했다.

'패스트볼 구속은 아무리 빨라도 80마일 후반에 불과해. 커브는 더 느려서 75마일 언저리이고. 그런데도 메이저리그에서 살아남았다는 건, 역시 구속을 상쇄하는 뛰어난 무브먼트와 제구력이 있기 때문이겠지.'

지토는 07시즌에만 하더라도 패스트볼 구속이 93마일 가까이 나올 정도로 준수한 패스트볼을 던지는 투수였다.

하지만 해를 거듭할수록 그 구속이 떨어지며 올 시즌은 최고 구속이 겨우 89마일에 불과할 정도로 그 하향세가 눈에 띄고 있었다.

민우는 신체적인 능력에 더해 능력치의 보정으로 인해 더욱 향상된 동체 시력과 배트 스피드를 겸비하고 있었다.

마이너리그에서 90마일 중반을 넘는 패스트볼도 충분히 때려내던 민우였기에 지토의 패스트볼을 상대하는 것은 그리 어려운 일이 아닐 것 같았다.

하지만 지토가 그런 구속으로도 살아남은 것은 뛰어난 무브먼트, 그리고 칼 같은 제구력에 있다고 보아야 했다.

민우는 지토가 뿌린 패스트볼과 커브를 각각 상대하고 나서야 지토의 공이 그 구속에 비해 움직임이 심하다는 것을 체감하고 있었다.

특히 아주 살짝 떠오르며 패스트볼처럼 날아오다 거의 바운드에 가깝게 떨어져 내리는 낮은 커브는 하이 패스트볼과 그 궤적이 중첩되며 제 타이밍에 판단을 내리기가 꽤나 까다로웠다.

'물론 이제 겨우 두 개를 본 것뿐이지만…… 체인지업까지 섞이면 여간내기가 아니겠어.'

패스트볼과 커브만으로도 이런 혼동을 주는데 여기에 체인지업까지 섞인다고 생각하니 살짝 소름이 돋았다.

볼카운트는 노볼 2스트라이크로 민우에게 압도적으로 불리했다.

하지만 그렇다고 기가 눌려 소극적인 스윙을 할 생각은 없었다.

'겁먹을 것 없어. 어차피 공이 느리니까 다른 투수보다 더 오래 볼 수 있으니 최대한 공을 오래 보고 판단하자.'

민우는 잠시 가볍게 눈을 감았다 뜨며 크게 숨을 내뱉었다.

"후우."

그러고는 배트를 다잡은 채 다시금 예의 타격 자세를 취하며 마운드 위의 지토를 바라봤다.

지토는 유리한 카운트임에도 여전히 날카로운 눈빛을 띤 채 무표정한 얼굴을 유지하고 있었다.

사인 교환을 마친 듯, 지토가 다시금 투수판을 밟았고, 그 모습에 민우도 배트를 다잡았다.

곧 지토가 특유의 부드러운 동작으로 공을 뿌리기 시작했다.

슈우욱!

팡!

"볼!"

살짝 떠오르는 궤적에 민우가 배트를 움찔거렸지만 곧 큰 폭으로 떨어져 내리는 공에 배트를 거둬들였다.

그 모습에 포지가 힐긋 민우를 보고는 다시금 빠르게 사인을 보냈다.

곧 고개를 끄덕거린 지토가 다시금 하이 키킹과 함께 공을 뿌렸다.

슈우욱!

지토의 손을 떠난 공이 살짝 떠오르는 모습에 민우가 2구째의 커브를 떠올리고는 배트를 쥔 손에 살짝 힘을 빼는 순간.

생각보다 크게 떨어지지 않는 공에 민우는 가슴이 철렁함을 느끼며 곧장 커트를 목적으로 배트를 휘둘렀다.

틱!

"파울!"

쿵!

배트의 밑동에 아슬아슬하게 스친 공이 포지의 다리 사이로 빠져나가 백스톱까지 빠르게 굴러갔다.

"후우."

그 모습에 민우가 살았다는 듯, 엷게 안도의 한숨을 내쉬었다.

'분명 체인지업이었어.'

포심과 커브가 먹히지 않자 곧장 허를 찌르는 체인지업을 섞어 판단에 혼동을 유발시키는 것이 보통내기가 아니었다.

잠시 타임을 요청하며 장갑을 매만진 민우는 가볍게 어깨를 풀며 몸에 자리 잡은 긴장감을 털어냈다.

그리고 다시 지토와의 대결이 시작됐다.

슈우욱!

팡!

"볼!"

지토의 손을 떠나 크게 떠오른 공이 지금껏 보여준 커브 중 가장 많은 낙폭을 보이며 떨어져 내렸다.

하지만 민우는 공을 끝까지 지켜보며 볼이라는 것을 확신하고는 배트를 내밀지 않았다.

스코어는 2볼 2스트라이크.

슈우욱!

틱!

"파울!"

슈우욱!

탁!

"파울!"

슈우욱!

딱!

"파울!"

이후 변화무쌍한 3개의 공을 더 걷어낸 민우의 스윙은 완벽하지는 않았지만 조금씩 조금씩 지토의 공과 타이밍이 맞아가기 시작했다.

─8구째! 파울입니다! 초구엔 공과 큰 차이를 보이는 헛스윙을 했던 강민우 선수인데요. 계속해서 파울이 나오고 있지만 지토의 공에 조금씩, 조금씩 타이밍이 맞아가는 모습이거든요. 끈질긴 승부를 가져가는 강민우 선수의 모습에 다저스 더그아웃에도 조금씩 흥분이 감도는 듯한 모습입니다.

아직까지 민우에게 불리한 스코어였지만 민우는 쫓기는 자의 표정이라기에는 그리 불안함이 느껴지지 않고 있었다.

그저 매서운 눈빛을 한 채, 온 신경을 곤두세우고 다음 공을 기다리고 있었다.

그리고 그런 모습에 본능적으로 불안함을 느꼈는지 자이언츠의 팬들은 지토가 공 하나하나를 던질 때마다 휘파람을 불며 박수를 치기 시작했다.

"잡아버려!"

"저깟 루키 녀석에게 출루를 허용하지 말라고!"

슈우욱!

팡!

"볼!"

'큭.'

지토가 던진 회심의 커브가 스트라이크존의 바깥쪽 낮은 코스로 살짝 빠져나가자 민우가 가까스로 배트를 멈춰 세웠다.

미트에 꽂힌 공을 포지가 몇 초간 들고 있었지만 주심은 손을 움찔거리기만 할 뿐 이내 볼이라는 판정을 내렸다.

그 모습에 일부 자이언츠 팬들이 격하게 항의의 목소리를 냈지만 판정이 변하는 일은 없었다.

3볼 2스트라이크.

민우의 집중력이 풀카운트 상황을 만들어냈다.

자이언츠 배터리와 민우 사이에 잠시 정적이 흘렀다.

민우는 그 정적에 흐름을 빼앗기지 않기 위해 한 손을 들고 타임을 요청하고 한 발을 뒤로 빼 보였다.

민우의 타임 요청으로 굳어진 공기가 풀어지고, 다시금 민우가 배터 박스에 자리를 잡았다.

득점권 상황이 아님에도 어느새 모두가 긴장된 시선으로 지토와 민우의 대결을 바라보기 시작했다.

이윽고 지토가 하이 키킹과 함께 부드럽게 공을 뿌렸다.

슈우욱!

지토의 손을 떠난 공은 가볍게 떠올라 민우의 얼굴 방향으로 날아오고 있었다.

하지만 그 모습에 오히려 민우는 확신을 내린 듯, 스트라이드를 톡톡 내디디며 박자를 맞춘 뒤, 허리를 빠르게 회전시켰다.

뒤이어 그 배트가 매섭게 돌아 나옴과 동시에 얼굴로 향할 듯 보이던 공이 급격히 휘어지며 스트라이크존의 낮은 코스로 떨어지기 시작했다.

그 모습에 모두의 눈이 커지며 설마하는 마음을 가지는 순간.

따아악!

공이 쪼개지는 듯한 강렬한 타격음과 함께 총알같이 쏘아진 타구는 높은 포물선을 그리며 우측으로 뻗어가기 시작했다.

지토와 민우의 대결을 바라보던 이들도 그 타구를 따라 빠르게 고개를 돌렸다.

민우는 배트에 응집시킨 모든 힘을 타구에 실어낸 듯, 손에서 느껴지는 아주 미미한 진동에 상쾌한 표정을 지어 보였다.

이윽고 배트를 가볍게 놓은 민우가 천천히 뜀박질을 시작했다.

―9구! 쳤습니다! 정말 잘 맞은 타구! 정말 높이 떠오릅니다! 뻗어갑니다! 계속 뻗어갑니다! 우측으로 쭉쭉 뻗어 날아갑니다! 펜스를 넘어서!! 맥코비 코브로! 넘어갑니다!!

―와우~ 강민우 선수가 풀카운트 접전 끝에 맥코비 코브로 넘어가는 몬스터 홈런을 만들어냅니다! 강민우 선수의 솔로 홈런!

―와우! 정말 대단합니다! 이 선수가 정말 루키 선수라고 누가 믿겠습니까? 데뷔 2번째 경기 만에 벌써 2번째 홈런인데요. 거기다 바닷바람 때문에 넘기기가 힘들다는 AT&T 파크의 초대형 펜스를 넘어 맥코비 코브까지 타구를 날려 보내는 괴력을 보였습니다! 정말 엄청난 스윙이었어요!

―지토 선수의 커브가 살짝 가운데로 몰린 감이 없지는 않았습니다만, 강민우 선수의 스윙도 정말 빠르고 그리고 강렬했습니다. 강민우 선수의 홈런으로 경기의 리드는 다저스가 가져갑니다!

―경기가 후반으로 접어드는 결정적인 순간, 다저스에게 승리를 전해줄 홈런을 강민우 선수가 만들어냈다고 볼 수 있겠습니다! 스코어는 0 대 1!

타구가 높다란 우측 펜스를 훌쩍 넘어 맥코비 코브로 사라지는 모습에 자이언츠 팬들의 표정은 경악으로 물들어갔다.

그러고는 도저히 믿을 수 없다는 듯한 표정을 지은 채, 다이아몬드를 돌고 있는 민우를 뚫어져라 바라보기 시작했다.

그리고 관중석 곳곳에 흩어져 있던 다저스의 팬들은 자이언츠의 주황빛 물결에 둘러싸여 있었기에 격하게 몸을 흔들지는 못하고 있었다.

하지만 그들의 표정만큼은 엄청난 보물을 발견한 것처럼 너무나도 환하게 빛나고 있었다.

'저 녀석은 물건이야!'

'켐프 녀석이 살아날 조짐을 보이지 않으면 주전은 저 녀석이 차지할 거야!'

민우가 출장을 한 것은 겨우 두 경기였다.

그것도 두 경기 모두 경기 중반 이후의 교체 출전이었다.

하지만 그 두 경기에서 보여준 두 방의 홈런은 그 임팩트가 너무나도 강렬했다.

맥코비 코브로 넘어가는 홈런은 양 팀의 팬들에게 각자의 의미로 강렬한 인상을 심어주기에 충분했다.

그리고 더그아웃에서도 그런 기운이 감지되고 있었다.

민우는 빠르게 3루를 지나며 코치와 손을 맞부딪히며 환한 웃음을 지어 보였고, 더그아웃의 난간에 매달린 선수들은 민우를 가리키며 환한 웃음을 보이고 있었다.

그리고 매팅리 코치 역시 미소를 지은 채 그 모습을 바라보고 있었다.

"저 녀석. 다시 봐도 정말 물건입니다. 처음에 크게 헛스윙을 하고, 두 번째 파울도 겨우 걷어내는 모양에 타이밍이 전혀 안 맞아서 조금은 힘들지도 모르겠다 싶었는데. 저런 엄청난 스윙으로 맥코비 코브로 넘겨 버리는 홈런을 만들어내다니 말입니다."

말을 내뱉는 매팅리는 진심으로 감탄했다는 듯한 목소리였다.

그리고 그 목소리가 향한 곳에는 토리 감독이 옅은 미소를 지은 채 민우를 바라보고 있었다.

'홈런을 바라고 내보낸 것은 아니었는데 결과가 이렇게 나올 줄이야. 교체 아웃을 당한 것에 더해서 민우가 저런 활약을 보였으니… 켐프에게 제대로 자극제가 되겠군.'

잠시 생각에 빠져 있던 토리 감독은 매팅리의 말에 가볍게 고개를 끄덕이며 천천히 입을 열었다.

"자네 말이 맞네. 아직 조금 더 지켜봐야 하겠지만, 지금 보여준 모습이라면 당장에라도 다음 경기부터 선발 출전을 시켜야 할지 고민이 될 정도야."

토리 감독은 그 말과 함께 더그아웃으로 환한 미소를 지은 채 다가오는 민우에게 한 손을 가볍게 내밀며 축하의 말을 건넸다.

"인상적인 홈런이었다. 아주 잘했다."

토리 감독의 강렬한 눈빛에 민우가 가볍게 미소를 지어 보이며 손을 맞댔다.

"감사합니다!"

이후 코치진들과도 손을 맞부딪힌 민우를 향해 동료들이 환한 미소를 지은 채 다가와 하이파이브를 나눴다.

"와하하! 이 괴물 같은 자식!"

"맥코비 코브를 넘기다니!"

"비공식이지만 스플래시 히츠(Splash Hits)다! 저쪽으로 넘긴 타자들이 그리 많지 않은데, 네 녀석이 그 명단에 들어갔다고!"

"네 녀석. 가볍게 치라고 했는데 홈런을 때릴 줄이야! 자이언츠 팬들의 뇌리에 아주 강렬하게 남았을 거다. 넌 이제 자이언츠 팬들에게 공공의 적이다. 수비할 때 뒤쪽에서 들려오는 소리에 집중력이 분산되지 않게 조심해야 할 거야. 크크."

탕탕!

선수들의 칭찬에 미소를 지어 보이며 화답하던 민우는 마지막 말을 뱉으며 자신의 등을 강하게 두드리는 기븐스의 모습에 어색하게 웃어 보였다.

"뭐, 별일 있겠어요?"

"그래. 그렇게 생각한다니 다행이군. 뭐, 뒤쪽에서 뭐가 짖는구나 생각하고 무시하는 게 좋으니까. 괜히 발끈해서 맞대응 같은 건 하지 마라. 그럼 그게 먹히는 줄 알고 더 극성으로 나와서 힘들어지니까."

민우의 반응에 기븐스가 피식 웃으며 민우의 어깨를 가볍게 주물러 주며 경험에서 비롯한 조언을 해주었다.

민우가 그 이야기에 고개를 끄덕이며 미리 마음의 준비를 해두었다.

민우의 홈런 이후, 블레이크가 2루타를 뽑아내며 홈런으로 휘청거리던 지토가 정신을 차리기 전에 잽을 날렸다.

하지만 훅을 날릴 타이밍에 자이언츠의 투수 코치가 마운드를 방문하며 노련하게 다저스의 흐름을 끊어버리고 말았다.

이후 자이언츠의 의도대로 다저스는 6, 7, 8번 타자가 연속 범타로 물러나며 더 이상의 추가 득점을 얻어내지 못하며 공격을 끝마치고 말았다.

7회 말, 다저스의 마운드는 여전히 빌링슬리가 건재한 모습으로 지키고 있었다.

수비 위치에서 빌링슬리가 연습 투구를 하는 모습을 지켜보던 민우는 뒤쪽에서 들려오는 잡음에 절로 미간을 찌푸리고 말았다.

"비실비실한 몸뚱이를 보니까 애송이가 운이 좋아서 홈런을 때린 거구만?"

"꼬맹아. 기고만장해하지 말라고. AT&T 파크에서 행운은 한 번 뿐이니까."

"긴장해서 얼굴로 받지 않게 조심하라고. 메이저리그의 공은 굉장히 빠르니까 말이야. 크크크"

"쫄아서 거기가 쪼그라든 건 아니지?"

"푸하하."

멀쩡한 목소리부터 술이라도 거하게 마신 듯, 약간은 혀가 꼬인 듯한 목소리까지 가지각색의 야유 소리들이 들려오고 있었다.

그 모습에 민우는 기븐스의 말뜻을 이해할 수 있었다.

외야 좌석이 존재하지 않는 마이너리그에서 뛰던 외야 유망주들이 메이저리그에 올라와서 겪는 고역 중의 하나가 바로 원정 경기에서 겪어야 하는 상대 팀 팬들의 야유였다.

루키 선수들은 메이저리그라는 큰 무대에 올라왔다는 희열과 긴장이 섞여 정신을 차리기 힘든 경우가 대부분이었다.

그리고 원정 경기에서 외야석에 자리한 극성팬들에게 그런 루키 선수들의 집중력을 흩트리는 건 그리 어려운 일도 아니었다.

특히나 이곳은 다저스의 앙숙이자 라이벌인 자이언츠의 홈구장이었다.

물론 그 야유의 정도가 선을 넘는 경우는 거의 없었지만, 타 팀과는 비교할 수 없을 정도의 수준이라고 할 수 있었다.

민우 역시 홈경기와는 전혀 다른, 그 거슬리는 목소리들에 자신도 모르게 신경이 살짝 곤두서는 것을 느끼며 자연스레 온몸에 힘이 들어가는 것을 느끼고 있었다.

하지만 이내 빠르게 고개를 저으며 그 도발을 한 귀로 흘려 버리려 노력했다.

'어딜 가나 머저리 같은 녀석들은 있게 마련이다. 신경 끄고 경기에 집중하자.'

상대 팀의 야유나 비하 발언에 하나하나 반응하는 순간, 그 선수는 멘탈이 약한 선수로 찍힘과 동시에 야유가 더 심해질 것이라는 것 정도는 민우의 식견으로도 충분히 추측이 가능했다.

'알아서들 지쳐서 떨어지도록 만들어야겠지.'

무반응이야말로 최고의 대응이라는 것을 알고 있었기에 민우는 오른손으로 왼손에 낀 글러브를 천천히 구깃거리며 애써 신경을 끊기 위해 노력했다.

그리고 시선을 돌려 타석으로 들어서는 자이언츠의 타자에게 정신을 집중했다.

자이언츠의 타순은 2번부터 시작해 중심타선으로 이어지는 타선이었다.

타석에 들어서는 2번 산체스는 두 눈을 빛내며 기필코 때려내겠다는 듯한 의욕을 드러내고 있었다.

하지만 빌링슬리는 100개에 가까운 투구 수에도 여전히 위력적인 공을 뿌리고 있었고, 산체스는 의욕을 좋은 결과로 풀어내지 못한 채 삼진으로 발걸음을 돌려야만 했다.

이후 3번 허프마저 우익수 플라이로 물러서며 이번 이닝도 쉽게 끝나는가 싶던 순간.

따아악!

그라운드를 타고 날아와 귓가에 날카롭게 꽂히는 타격음에 민우가 미간을 가볍게 찌푸렸다.

매섭게 돌아간 버렐의 배트가 스트라이크를 잡기 위해 들어온 빌링슬리의 패스트볼을 제대로 잡아당겨 좌측 펜스를 가볍게 넘겨 버린 것이다.

타격음만 들어도 홈런임을 직감할 수 있었고, 민우의 시야에 나타난 타구의 궤적을 알려주는 라인은 버렐의 타구가 홈런임을 완벽히 확정지어 주고 있었다.

"우와아아!"

"나이스 버렐!!"

"다저스 따위에게 지는 일 따윈 있을 수 없지!"

민우의 홈런으로 인해 다저스로 넘어왔던 분위기는 버렐의 홈런 한 방으로 다시금 자이언츠에게로 넘어가고 말았다.

관중들은 경기장이 떠나가라 박수를 치며 환호성을 내뱉고 있었고, 다저스의 선수들은 그 모습을 침통한 표정으로 바라보고 있었다.

이후 포지를 우익수 플라이로 잡아내며 더 이상의 추가 실점 없이 이닝을 마무리 지을 수 있었다.

하지만 다저스의 물 같은 타선과 자이언츠의 불펜진을 생각할 때, 추가 득점을 올리는 것은 그리 쉽지 않아 보였다.

8회 초, 지토의 뒤를 이어 마운드에 오른 사이드암 투수 로

모는 이닝당 출루 허용률이 1이 안 되는 것을 증명하듯 다저스의 공격을 무위로 돌려 버렸다.

이후 8회 말, 다저스 역시 빌링슬리의 뒤를 이어 마운드에 오른 젠슨이 안타 한 개를 허용하긴 했지만 실점 없이 이닝을 매조지며 경기의 향방은 9회로 이어지게 되었다.

자이언츠는 이 경기를 기필코 가져가겠다는 듯 9회 초, 부동의 마무리 투수인 윌슨을 등판시켰다.

우완 투수인 윌슨은 입 주변과 턱까지 완전히 뒤덮는 풍성한 수염을 기르고 있는 투수였는데, 팬들은 그 수염을 본떠 만든 가짜 수염을 달고 경기를 관람할 정도로 그에 대한 신뢰도는 상당히 높은 편이었다.

올 시즌 42번의 세이브 기회 중 38번의 세이브를 성공시킨 윌슨은 이미 커리어 하이인 41세이브를 뛰어넘는 것이 확실시되고 있는 상황이었다.

그 주무기는 단연 100마일에 육박하는 위력적인 패스트볼과 올 시즌부터 그 비율을 늘린 96마일 대의 커터라고 할 수 있었고, 간간이 기존에 주로 던졌던 슬라이더를 뿌리는 패턴을 보였다.

빡!

타석에서 무언가 쪼개지는 듯한 소리가 들려왔다.

9회 초, 선두 타자로 나선 이디어의 배트가 세로로 조각나며 내뱉은 소리였다.

"쳇."

손을 울리는 진동에 이디어가 혀를 차며 배트를 내던지고 1루를 향해 내달렸다.

하지만 배트가 조각나며 제대로 힘이 실리지 않은 타구는 내야수들에겐 손쉬운 먹잇감일 뿐이었다.

가볍게 바운드되며 굴러오는 공을 주워 든 유격수가 곧장 스텝을 밟으며 1루를 향해 공을 뿌리며 가볍게 아웃 카운트 하나를 추가했다.

대기 타석에서 그 모습을 바라보던 민우가 천천히 배트 링을 빼내며 배트를 두어 번 휘두른 뒤, 천천히 타석으로 향해 갔다.

메이저리그에서 맞이하는 한 경기에서의 두 번째 타석이었다.

그 모습을 지켜보는 다저스의 팬들은 부디 민우가 이번에도 큼지막한 타구를 날려내어 다저스를 승리로 이끌기를 바랐다.

마운드 위에서 타석으로 들어서는 민우를 바라보던 윌슨의 입꼬리가 씰룩거렸다.

민우의 눈빛에 드러난 공을 때려내겠다는 의지가 보였기 때문이다.

윌슨은 그 눈빛이 건방지다는 듯 강렬한 눈빛으로 민우의 얼굴을 마주보고 있었다.

빅리그의 마무리 투수란 자존심이 꽤나 강한 존재였다.

그렇기에 이제 갓 빅리그에 올라온 루키 선수에게 도발적인 시선을 받고서 피해가는 피칭을 할 수는 없었다.

'훗. 홈런 하나로 얼굴에 자신감이 넘치는군. 하지만 날 지토랑 비교하면 꽤나 곤란할 거다.'

윌슨은 민우가 지토의 커브를 통타해 큼지막한 홈런을 뽑아낸 것을 두 눈으로 본 상태였지만 크게 신경을 쓰지는 않고 있었다.

윌슨은 지토에 비해 패스트볼 구속만 해도 15마일 정도가 빠른 투수였다.

윌슨에겐 마무리 투수라는 자존심에 더해, 100마일이라는 압도적인 구속과 구위에 대한 자부심이 있었다.

'지토 녀석이 조금 고전하긴 했지만, 결국 마지막 공은 저 녀석보고 때려 달라고 한가운데로 넣은 거나 마찬가지였으니까 말이야. 뭐, 홈런을 때려낸 힘 하나는 인정해 줄 만하지만, 나한테도 그런 요행을 바라지는 말아야 할 거다.'

윌슨은 로진백을 가볍게 매만지고는 곧 공을 문지르기 시작했다.

포지 역시 좌타자인 민우에게 윌슨의 포심과 커터를 적절히 섞어 던지는 볼 배합이라면 충분히 상대가 가능하리라 생각하고 있었다.

'지토의 느린 구속과는 확연히 다르니까. 그 공이 눈에 익은 녀석이니 윌슨의 빠른 공에 눈이 적응하기 전에 신속하게 끝내는 게 좋겠지. 아무리 이 녀석이 배트 스피드에 자신이 있더라도 그와 별개로 구속이 빠른 만큼 포심과 커터를 구분하기란 쉽지 않을 테니. 속공으로 간다.'

곧 포지가 보낸 사인을 받은 윌슨의 입꼬리가 가볍게 말려 올라갔다.

수염에 가려 잘 보이지는 않았지만 그런 느낌을 눈치챈 민우의 눈이 가볍게 빛났다.

'한 번… 노려보자.'

윌슨이 투수판을 밟는 모습에 민우도 곧 배트를 쥔 손에 가볍게 힘을 주며 천천히 타격 자세를 취했다.

곧, 키킹과 동시에 스트라이드를 내디딘 윌슨이 허리를 푹 숙이는 특유의 폼으로 매섭게 공을 뿌렸다.

슈우욱!

그 손을 떠난 공이 엄청난 속도로 홈 플레이트를 향해 날아오고 있었다.

"흡!"

그와 동시에 민우의 두 눈이 매섭게 빛나며 강하게 스트라이드를 내디뎠다.

뒤이어 매섭게 돌아가는 허리를 따라 민우의 배트가 쏜살같이 돌아 나왔다.

각기 다른 방향에서 홈 플레이트로 향하던 공과 배트가 맞닿는 순간.

따아악!

우렁찬 타격음과 함께 하늘 높이 솟아오른 타구는 좌측으로 큰 포물선을 그리며 날아가기 시작했다.

그리고 마운드 위의 윌슨과 자리에서 일어난 포지가 설마 하는 표정으로 민우가 쏘아낸 타구를 바라보기 시작했다.

—초구! 밀어 쳤습니다! 하이 플라이 볼! 상당히 높게 뜬 타구인데요? 좌측으로 뜬 타구가! 높이! 멀리! 계속 날아갑니다! 어어? 이거 넘어가나요? 넘어가나요?

타다닷!

민우는 손을 가볍게 울리는 느낌에 미간을 가볍게 찌푸리고는 곧장 전력으로 1루를 향해 내달리기 시작했다.

빠른 속도로 1루를 돌아 2루를 향하며 민우는 계속해서 자신이 때려낸 타구를 바라보고 있었다.

자이언츠의 좌익수이자, 동점 홈런의 주인공인 버렐은 어느새 워닝 트랙에 도달해 펜스에 손을 짚은 채, 고개를 들고 하늘을 바라보고 있었다.

그리고 하늘 높이 떠올라 체공을 계속하던 타구가 서서히 떨어져 내리기 시작했다.

그리고 발을 가볍게 구르던 버렐이 힘껏 몸을 날리며 펜스

위로 글러브를 뻗었다.

모두가 그 모습을 숨죽이고 지켜보는 순간.

중력을 따라 가볍게 그라운드로 내려선 버렐이 시선을 땅으로 향한 채, 손에 쥐고 있던 글러브를 벗어 반대쪽 손에 들어 보였다.

그 모습을 숨죽이고 지켜보던 자이언츠의 팬들이 머리를 부여잡고 아쉬움 가득한 표정을 짓고 말았다.

그러고는 2루를 지나며 속도를 줄이는 민우에게로 놀람과 부러움, 시샘 등의 시선을 보내기 시작했다.

—그대로 좌측 펜스를!! 넘깁니다!! 강민우 선수의 오늘 경기 두 번째 홈런! 연타석 홈런을 기록합니다! 오~ 마이~ 갓!

—바깥쪽 높은 코스의 99마일짜리 빠른 공이었는데요. 스트라이크존의 안쪽으로 들어오는 공을 강민우 선수가 놓치지 않았습니다. 일단 맞을 때는 넘어가리라고 생각하지 못할 정도로 높이 떠오른 타구였는데, 강하게 밀어 친 타구가 좌측으로 부는 바람을 타고 아슬아슬하게 펜스를 넘어갔습니다.

—이건 자이언츠 배터리의 실책이네요. 강민우 선수가 지토 선수의 공을 때려낸 것을 기억했어야 합니다. 반대로 강민우 선수는 정말 대단한 집중력을 보였다고 할 수 있겠습니다. 이 홈런으로 다저스가 다시금 한 점을 앞서나가며 1차전 승리에 한 발짝 더 다가갑니다.

민우는 3루를 지나며 더그아웃에서 느껴지는 열기에 환한 미소를 지어 보였다.

다저스의 선수들이 하나같이 난간에 매달려 민우를 향해 주먹을 휘두르고, 양손을 들어 흔들며 격앙된 표정을 지어 보이고 있었다.

그리고 그들 사이로 보이는 켐프의 경악 섞인 얼굴을 보고는 속으로 피식 웃어 보였다.

'마이너리거가 홈런 뻥뻥 때리니까 놀랐겠지. 기대해라. 조만간 네 머리 위에 내가 올라설 테니까.'

탁!

곧 민우가 홈 플레이트를 밟으며 전광판에 보이는 다저스의 점수를 가리키는 숫자가 1에서 2로 바뀌었다.

그리고 9회 말.

"아웃!"

"아웃!"

"아웃!"

마무리 투수로 마운드에 오른 귀홍치의 호투 속에 다저스는 한 점 차의 아슬아슬한 리드를 지켜냈다.

민우의 결승 홈런과 귀홍치의 깔끔한 마무리로 다저스는 자이언츠 원정 1차전에서 귀중한 승리를 따내며 상쾌한 출발을 할 수 있었다.

민우는 이 경기에서 2타석 2타수 2안타(2홈런) 2타점 2득점을 기록하며 맹활약했고, 시즌 타율을 1.000으로 유지했다.

민우는 2개의 홈런으로 결승타를 만들어내며 자연스레 오늘 경기의 MVP로 꼽히며 메이저리그 데뷔 2경기 만에 생애 첫 수훈 선수 인터뷰를 진행하게 되었다.

자신을 향해 렌즈를 보이고 있는 큼지막한 카메라와 그 옆에서 마이크를 든 채 질문을 건넬 준비를 하고 있는 미녀 리포터의 뜨거운 눈빛에 민우가 어색한 웃음을 지어 보였다.

곧 카메라의 불이 들어오고 마이크를 든 리포터가 가까이 다가오며 인터뷰가 시작되었다.

"9회 초, 시원한 한 방으로 경기를 뒤집는데 결정적인 역할을 한 강민우 선수를 만나보겠습니다. 오늘 경기 연타석 홈런을 축하드립니다. 혹시 홈런을 치기 위해 윌슨의 공을 노리고 있었던 겁니까?"

"홈런을 때려내겠다는 생각은 없었습니다. 다만 상대 투수가 뛰어난 위력을 가진 빠른 공을 주무기로 가지고 있다는 점을 기억하고 있었기에 그 점을 중점적으로 노렸고, 최선을 다해서 스윙을 돌렸는데 그게 좋은 결과로 이어진 것 같습니다."

민우의 겸손한 대답에 리포터가 가볍게 눈웃음을 치며 고개를 끄덕였다.

"이제 갓 메이저리그에 데뷔한 루키 선수답지 않은 당찬 스윙을 보여주고 있는데요. 혹시 따로 적응하기 위해 노력하는 점이 있습니까?"

"마이너리그와 메이저리그라는 차이를 두지 않고, 마이너리그에서 하던 대로 메이저리그에서도 열심히 훈련에 임하고, 또 즐기려고 노력하고 있습니다."

빠르게 진행되던 인터뷰는 어느새 막바지에 이르렀다.

리포터는 의미심장한 미소를 지은 채 민우를 향해 도발적인 질문을 날렸다.

"강민우 선수는 마이너리그에서 엄청난 기록들을 가지고 있는데요. 선수로서 개인 기록을 생각하지 않을 수 없는데, 올 시즌 한 달이 남은 시점에 몇 개의 홈런을 목표로 생각하고 있습니까?"

민우는 리포터의 질문에 잠시 리포터를 슥 바라보고는 옅은 미소를 지은 채 가볍게 고개를 저었다.

"이제 겨우 2경기일 뿐입니다. 개인 기록에 욕심이 없다면 거짓말이겠지만 기록보다는 많은 경기에 출전하며 자리를 잡는 것이 목표입니다. 그리고 당장 와일드카드를 노리기 위해서라도 팀의 승리가 훨씬 중요하다고 생각합니다. 앞으로도 출전 기회가 올 때마다 최선을 다해서 좋은 결과를 만들기 위해 노력하겠습니다."

민우의 의지가 담긴 대답에 리포터가 의외라는 표정을 지어 보이더니 이내 웃음을 보이며 인터뷰를 마무리 지었다.

"인터뷰에 응해주서서 감사합니다. 앞으로도 좋은 활약 기대하겠습니다."

오늘 경기의 중계방송을 맡았던 ASPN을 통해 이루어진 인터뷰는 곧 미국 전역으로 퍼져 나갔다.

민우에 대한 정보가 전무하던 이들은 이 인터뷰를 통해 그 이름과 얼굴을 알게 되었고 조금씩 관심을 가지기 시작했다.

＊　　　　＊　　　　＊

민우가 출전한 것은 단 두 경기에 불과했다.

홈에서 필리스와 치룬 3차전에서 교체 출전 1타석.

그리고 자이언츠 원정 1차전에서의 교체 출전 2타석.

두 경기에서 나선 타석을 합쳐도 겨우 3타석이었다.

하지만 단 3타석 만에 강민우라는 이름 석 자를 다저스, 필리스, 자이언츠 세 팀에게만큼은 확실하게 각인을 시키고 있었다.

이런 소식은 언론에게도 좋은 소재였기에 MLB닷컴을 비롯해 LA타임즈 등의 언론들도 민우에 대한 기사를 다루며 민우의 3홈런 소식을 알리기 시작했다.

〈'슈퍼 루키' 강민우. 충격의 연타석 홈런으로 팀을 구해내다.〉

강민우 선수가 3일, SF 원정에서 교체 출전과 동시에 2개의 홈런을 쏘아내며 팀을 승리로⋯⋯.

〈'The Kang Show' 강민우, 2경기 3홈런. 괴물 같은 활약.〉
혜성처럼 나타나 홈런포를 쏘아냈던 강민우가 자이언츠와의
경기에서도 2개의 홈런을 쏘아내며 2경기 3홈런이라는 대기록
을⋯⋯.

〈언제까지 켐프에게 주전을 보장해 줄 것인가. 강민우, 켐프의
대체자로 충분한 가능성을 보여.〉
켐프의 끝 모를 부진과 태업에도 대체자의 부재로 인해 고심에
차 있던 다저스에게 강민우의 등장은 시기적절하다고⋯⋯.

〈토리 감독 "켐프, 강민우. 앞으로도 균등한 기회를 주겠다."
켐프 주전 보장 없음을 암시해.〉
토리 감독이 결국 칼을 빼 들었다. 시즌 내내 주전 중견수 자리
를 보장받던 켐프의 부진에 인내심의 한계를 느낀 듯, 강민우와
의 주전 경쟁을 예고 ⋯(중략)⋯ 켐프를 좌익수로 기용하는 것도
검토 중이라고 밝히며 ⋯(중략)⋯ 켐프는 자신의 좌익수 기용에
대한 언급에 불편한 심기를 드러내며⋯⋯.

자이언츠와의 2차전, 선발로 나선 켐프는 4타수 1안타를 기
록하며 무안타의 늪에서 빠져나왔지만 결정적인 기회에서 2개

의 삼진을 당하며 무기력한 모습을 보여주고 말았다.

다행히 켐프가 놓치며 득점이 무산될 뻔한 상황에서 블레이크가 멀찍이 달아나는 스리런 홈런을 때려냈고, 다저스는 자이언츠의 추격을 한 점 차로 뿌리친 채 4 대 3의 극적인 승리를 가져갈 수 있었다.

켐프로서는 세 경기 만에 교체 아웃 되지 않고 끝까지 경기를 뛰었음에도 아무것도 보여주지 못하는 모습으로 토리 감독의 신뢰를 더욱 떨어뜨린 경기였다.

주어진 기회를 제대로 잡지 못하는 켐프의 모습에 다저스의 팬들은 실망에 찬 시선을 보내며 자연스레 고개를 절레절레 젓고 말았다.

*   *   *

LA 시내에 자리한 한 펍의 안쪽.

시끌벅적한 이들의 사이로 다저스의 저지를 입은 팬들이 일렬로 앉아 맥주를 마시며 수다를 떨고 있었다.

그리고 그들의 대화엔 부진을 거듭하며 팀에 도움이 되지 못하는 켐프의 이름이 오르내리고 있었다.

"어휴, 켐프 녀석. 도대체 무슨 깡으로 중견수를 고집하는 거지?"

까만 피부를 가진 청년의 답답하다는 듯한 외침에 바로 옆에 앉아 맥주를 들이켜던 갈색 머리 청년이 컵에서 입을 떼고는 고개를 끄덕였다.

"그러게 말이다. 지난 시즌 같은 모습이었으면 누가 뭐라고 해? 당연히 새로 올라온 루키에게 내어줄 자리는 없었겠지. 하지만 지금은 아니잖아. 어차피 지금 주전 좌익수도 없는 상황인데, 좌익수로 가서라도 타격감을 끌어 올릴 생각을 해야지. 도대체 그놈의 자존심이 뭔지."

"에휴. 한숨만 나온다. 그런 면에서 강민우는 참 바람직하단 말이지."

팬들의 대화는 자연스럽게 캠프에서 강민우에게로 넘어가기 시작했다.

민우의 이름이 나오자 금발의 청년이 손뼉을 치며 환한 미소를 보였다.

"그래! 2경기 3홈런! 솔직히 루키가 그런 모습을 보여주는 게 쉬운 게 아니잖아. 겨우 두 경기에 불과하지만, 나는 흐름을 탔을 때 기회를 줘야 한다고 생각해. 오늘 경기에서 민우를 결장시킨 건 도무지 이해할 수가 없어."

그 말에 까만 피부를 가진 청년이 검지를 흔들어 보이며 고개를 저었다.

"음음. 아니지. 내 생각은 달라. 토리 감독의 인터뷰를 잘 생각해 보라고. 균등한 기회를 주겠다고 했잖아. 내 생각엔 3차전에선 민우를 선발로 투입시켜서 제대로 비교해 볼 생각이 아닌가 싶어."

그 이야기에 다른 청년들도 혹시나 하는 표정을 지어 보였다.

"그런 거라면 확실히 비교가 되기는 하겠다. 어정쩡하게 교체하는 것보다 확실히 한 경기를 제대로 뛰게 하는 거니까."

갈색 머리 청년이 고개를 끄덕이며 하는 이야기에 금발 청년이 기대에 찬 눈빛을 보이기 시작했다.

"그럼 내일 경기에서 민우가 선발로 나올까? 좀 기대되는데? 3연타석 홈런을 날려주면 대박일 텐데."

"기대가 크면 실망도 큰 법이지. 안 그래도 두 경기에서의 임팩트가 너무 커서 아마 이제 제대로 견제가 들어올지도 몰라."

까만 피부 청년은 흥분한 금발 청년과 달리 냉정한 시선으로 분석적인 말을 내뱉었고, 그 이야기에 나머지 두 청년이 그럴싸하다는 듯 고개를 끄덕였다.

그 모습에 진지한 표정을 짓고 있던 까만 피부 청년이 하얀 이를 드러내며 웃음을 보였다.

"뭐, 결과는 결국 까봐야 알겠지만 말이지. 내일 경기에 선발로 나올지도, 민우가 고전할지도. 우린 그냥 지켜보고 응원하자고. 자 마시자."

쨍.

곧 맥주잔이 부딪히는 소리와 함께 그들의 대화가 끊어졌다.

＊　　　　＊　　　　＊

다저스의 원정 숙소는 AT&T 파크에서 얼마 떨어지지 않은 특급 호텔에 마련되어 있었다.

마이너리그에서는 원정 경기를 가게 되면 바로 옆방의 소음이 그대로 전달되는 모텔에서 묵었던 민우였다.

바로 전날, 첫 원정 경기를 치루고 나서 처음 호텔에 들어선 민우는 그 화려한 모습에 입을 쩍 벌리는 추태를 보이지는 않았지만, 호기심 가득한 눈빛으로 주변을 둘러보는 것까지는 멈추지 못했다.

그런 전날과 마찬가지로 2차전을 끝낸 선수들을 실은 구단 버스가 호텔 입구에 멈춰 섰고, 이윽고 선수들이 하나둘 내려서기 시작했다.

버스에 탑승하는 것과 마찬가지로 하차하는 것 역시 고참 선수들이 먼저였고, 마지막으로 민우를 비롯한 신인 선수들이 내려섰다.

"어우, 피곤해. 메이저리그에 올라온 건 좋지만 매일 던지는 게 고역인건 마이너리그랑 차이가 없네. 쉬고 싶다."

민우와 나란히 버스에서 내려선 젠슨이 기지개를 펴며 얼굴을 가볍게 찌푸렸다.

그 모습에 민우가 짓궂은 표정을 지은 채, 양손을 젠슨의 어깨에 올리고는 곧 강하게 주물러 주었다.

그러자 젠슨이 곧장 얼굴을 와락 구기며 몸부림치기 시작했다.

"아아아! 아퍼! 살살해. 살살."

"후후. 아프라고 하는 거야. 난 경기에 출전하지도 못했는데 감히 그런 망언을 하다니. 그렇게 마이너리그로 돌아가서 편히 쉬고 싶은 거야?"

민우의 목소리에 젠슨이 펄쩍 뛰며 그의 손아귀에서 빠져나가며 고개를 도리질 쳤다.

"민우! 그게 무슨 무서운 소리야. 그런 얘긴 하지도 말라고. 난 여기가 좋아. 메이저리그에 남아 있을 수만 있다면 이깟 팔 부러질 때까지 던져줄 수 있다고."

종전과는 전혀 다른 그 과격한 반응에 민우가 가볍게 웃어 보이고는 젠슨을 진정시켰다.

"워~ 알았으니까 진정해. 젠슨, 넌 말이 씨가 된다는 말도 모르냐. 부러지니 뭐니 하는 엄한 소리는 하지 말라고."

민우의 말에 젠슨이 곧 흥분을 가라앉히고는 어색하게 웃어 보였다.

"그렇지? 흠흠. 아무튼 너무 부러워하지 마. 안 그래도 내일 경기에 네가 선발로 나설 거라는 이야기가 있던데. 혹시 감독님이나 코치님이 따로 귀띔해 줬어?"

젠슨의 물음에 민우의 두 눈이 순간 흔들렸지만 곧 금시초

문이라는 듯 고개를 저으며 장난스럽게 웃어 보였다.

"글쎄. 난 전혀 모르는 이야기인데. 그게 사실이라면 좋겠다. 교체 출전보단 선발 출전이 감을 잡는데 좋기도 하고, 루키 연속 홈런 기록 같은 거 한 번 세워보게 말이야."

"오올~ 인터뷰에선 개인 기록에 신경 안 쓴다더니. 역시 너도 욕심은 있구나."

그 말과 함께 젠슨이 음흉한 웃음을 보이며 민우를 툭 건드렸다.

그 모습에 민우가 피식 웃으며 고개를 끄덕였다.

"그래, 솔직히 욕심이 없다면 거짓말이겠지. 하지만 결국 홈런을 친다는 게 팀에 도움이 되면 됐지, 손해가 되는 일은 아니기도 하고. 특히 내 기록 생각한다고 무작정 큰 스윙을 할 생각은 없으니까 그 인터뷰가 거짓말은 아니라고. 뭐가 어찌됐던 팀에 도움이 되는 일을 하면 자연스레 좋은 결과를 얻게 되지 않겠냐는 말이지. 언더스탠?"

"흐흐. 그래그래. 남자는 야망이 있어야지! 다 이해하니까 그렇게 애써 포장하지 않아도 돼."

젠슨은 마치 약점이라도 잡았다는 듯 민우의 어깨에 팔을 감으며 음흉한 미소를 지어 보였다.

그 모습에 무어라 이야기를 하려던 민우도 결국 피식 웃으며 고개를 저었다.

로비로 들어서니 체력이 넘쳐나는 듯, 몇몇의 선수가 여유

로운 모습으로 끼리끼리 모여 여가 시간을 즐기고 있었다.

하지만 그런 선수들을 제외하고는 피로가 쌓인 듯, 곧장 엘리베이터에 몸을 실으며 각자의 방으로 돌아가 휴식을 가지는 등 개인 시간을 보내고 있었다.

민우는 오늘 치러진 자이언츠와의 2차전에서 결장했기에 그들처럼 큰 피로를 느끼고 있지 않았다.

하지만 해야 할 일이 있었기에 젠슨과 함께 엘리베이터에 몸을 실었고, 이윽고 각자의 방으로 헤어졌다.

철컥.

"휘유~"

마이너리그의 원정길에 묵던 모텔 방과는 비교할 수 없는 고급스러운 호텔 방의 모습에 민우는 재차 감탄했고, 곧 푹신한 침대에 몸을 파묻고는 잠시 그 느낌을 만끽했다.

잠깐 누워 있었을 뿐이었지만, 어느새 몽마가 찾아오려는 느낌에 민우가 몸을 뒤집어 천장을 바라봤다.

'으음. 자더라도 할 일은 하고 자야지.'

민우는 경기가 끝난 뒤, 매팅리 타격 코치가 건넨 이야기를 떠올리고는 가볍게 미소를 지어 보였다.

'내일 경기에선 내가 선발이라 이 말이겠지.'

정확히 말하자면 매팅리는 민우에게 선발 출전이라는 이야기를 꺼내지 않았다.

하지만 그 뉘앙스만으로 충분히 선발 출전을 예상할 수 있었다.

*   *   *

"하루 쉬었더니 몸이 찌뿌둥한가 보군? 오늘 쉰만큼 내일은 처음부터 끝까지 마음껏 실력 발휘를 해봐라. 좋은 모습을 기대하마."

매팅리는 그런 말과 함께 민우의 어깨를 두드려 주고는 천천히 멀어져 갔다.

'이렇게 빨리 될 줄은 몰랐지만, 기회가 왔으니 제대로 잡아야겠지.'

잠시 경기 후의 일을 떠올렸던 민우가 고개를 끄덕이고는 곧 침대 옆 탁자로 시선을 돌렸다.

탁자 위에 놓여 있던 스카우팅 리포트를 집어 든 민우는 침대에 비스듬히 기대앉으며 내일 경기의 선발투수에 관련된 내용을 천천히 파악하기 시작했다.

내일 3차전 경기에서 자이언츠의 선발투수로 나설 예정인 선수는 좌완 파이어볼러인 J. 산체스였다.

어디선가 들어본 듯 익숙한 이름에 민우가 자이언츠의 라인업을 살펴보고는 곧 고개를 끄덕였다.

'분명 자이언츠 2루수도 산체스였지?'

성만 같을 뿐, 전혀 다른 이였기에 민우는 곧 신경을 끄고는 J. 산체스의 특징을 살펴보기 시작했다.

J. 산체스는 2009년, 자이언츠 소속으로 노히트 노런을 기록한 적이 있는 투수였다.

하지만 그런 위대한 기록을 세우며 뛰어난 구위를 가진 것과는 달리 그 제구력은 그리 좋지 못한 편이었다.

데뷔 이후 지난 09시즌까지 통산 방어율이 5점대에 육박할 정도였고, 9이닝당 삼진 비율이 9개인 데에 비해 볼넷은 4.5개를 넘어서고 있었다.

최고 구속 95마일(152㎞)의 무브먼트가 뛰어난 포심 패스트볼에 더해 위력적으로 휘어지는 85마일대의 슬라이더를 주무기로 사용했고, 올 시즌엔 체인지업의 비율을 높이며 패스트볼의 위력을 더욱 배가시키고 있었다.

하지만 데뷔 때부터 지적을 받아왔던 제구력의 문제로 5이닝을 채우지 못하고 무너져 내리는 경우가 종종 있었다.

투수가 제구력에 문제를 보인다는 것은 타자의 입장에서 장점이자 단점이 될 수 있었다.

'장점은 원하는 코스에 들어오면 제대로 힘을 실어 때려내기가 수월하다는 거겠고⋯ 단점은 역시 제구력 그 자체야. 릴리스 포인트로 봤을 때 잘못하면 뼈가 나갈 수도 있어.'

J. 산체스는 올 시즌은 150여 이닝을 던지며 몸에 맞는 공을 벌써 9개나 기록하고 있었다.

수치상으로는 9개였지만 타자들이 반사적으로 피한 경우까지 생각한다면 그 개수는 훨씬 많다고 보아야 했다.

특히 문제인 것은 95마일에 육박하는 포심 패스트볼로만 6개의 몸에 맞는 공을 기록했다는 것이었다.

'80마일에 맞는 거랑 90마일에 맞는 건 차원이 다르겠지.'

사이드암에 가까운 스리쿼터의 투구 폼을 가진 J. 산체스였기에 그 공은 좌타자의 등 쪽에서 뿌려지는 모습을 보이고 있었기에 좌타자를 상대로 더욱 위력을 발휘하고 있었다.

J. 산체스를 상대하는 좌타자들은 이런 특징에 더해 J. 산체스의 제구력이 좋지 않다는 것을 인지하고 있었기에 그 위력적인 공에 자연스레 몸을 움찔거릴 수밖에 없었다.

잠시 그 궤적을 상상하던 민우는 자연스레 과거의 부상이 떠오르자 미간을 찌푸리며 고개를 털었다.

'공격에 신경 쓰는 것도 좋지만, 역시 내 몸을 제대로 지킬만한 특성이나 스킬이 있는 것도 나쁘지 않을 거야.'

민우는 더블A에서 끝내기 홈런과 동시에 찾아온 부상의 악령과 그 후유증까지 경험했던 것을 떠올리고는 고개를 끄덕였다.

15일짜리 DL에 오를 정도의 가벼운 부상이었지만, 그 후유증으로 잠시 펜스를 두려워하며 소극적인 플레이를 보였었다.

만약 펜스 브레이커라는 특성이 없었더라면 그 후유증이 심각한 트라우마로 발전했을 지도 모를 일이었다.

그리고 마침 오늘은 포인트 상점의 갱신일이기도 했다.

'메이저리그에서 쓸 만한 새로운 무언가가 있었으면 좋겠는데……'

지난 날, 점핑 스파이크와 펜스 브레이커 특성을 구입한 이후 3번의 갱신에서 아무런 소득이 없었던 민우였다.

그렇기에 그동안 모인 포인트는 마지막으로 확인했을 때 거의 9,000포인트 정도가 모여 있었다.

'아마 거기에 이, 삼백 포인트 정도가 더 붙었겠지.'

메이저리그에 올라온 뒤 단 두 경기, 그것도 교체 출전을 했을 뿐이었기에 크게 상승하지는 않았을 것이었다.

스카우팅 리포트를 든 손을 배 위로 내려놓은 민우가 머리를 뒤로 기대며 새하얀 천장을 바라보고는 곧 이리저리 시선을 돌리기 시작했다.

만약 누군가 혼자서 눈알을 데굴데굴 굴리는 민우의 모습을 보았다면 마치 천장에 무언가 보인다는 듯한 그 모습에 섬뜩함을 느꼈을지도 몰랐다.

하지만 메이저리그는 고참과 신입을 가릴 것 없이 1인 1실이 기본이었기에 이런 민우의 모습을 볼 일은 없었다.

민우의 눈에는 남들의 눈에 보이지 않는 많은 것이 떠올라 있었다.

[강민우, 23세]

―파워[R, 69(+11, 72%)/100], 정확[U, 73(+11, 7%)/100], 주

력[U, 75(+8, 22%)/100], 송구[U, 71(+5, 10%)/100], 수비[R, 70(+8, 51%)/100]

─종합 [R, 358(+43)/500]

'능력치가 올라갈수록 아이템 빨, 스킬 빨, 버프 빨이 더욱 빛을 발하는구나.'

사실 과거, 민우는 변화구에 큰 약점을 보였고, 반면에 배트 스피드는 평균 이상을 보였었다.

그렇기에 브렌트의 조언에 따라 배터 박스의 앞쪽에 자리를 잡기 시작했고, 이후 한 단계 더 발전해 홈 플레이트 쪽으로 조금 더 옮긴 것이 현재엔 민우의 트레이드 마크로 고정이 된 것이기도 했다.

이후, 능력치의 비약적인 상승과 아이템과 스킬, 버프 효과가 중첩되며 그 약점을 어느 정도 상쇄시키고 있었다.

문제라면 역시 배터 박스에서의 민우의 위치였다.

홈 플레이트에 가깝게 자리를 잡는다는 것은 곧 몸 쪽 공에 상당한 위협을 받는다는 뜻이기도 했다.

'메이저리그는 마이너리그와는 달라. 공의 위력도 위력이지만 몸 쪽에 과감히 던지는 투수들이 살아남을 수 있을 테니까. 내일 상대해야 할 J. 산체스도 마찬가지고.'

몸에 맞는 공이 많다는 건 제구가 되지 않는 경우와 과감한 몸 쪽 승부를 하는 경우가 있었고, 혹은 두 가지 모두일 경우도 있었다.

그리고 내일 상대해야 하는 J. 산체스는 두 가지 모두에 해당하는 투수였다.

미리 조심해서 나쁠 것은 없었다.

부상에 대한 일말의 두려움을 가지고 경기에 뛰는 것보다 무언가 확실한 대비책을 가지고 경기에 임하는 것이 더욱 좋으리라는 생각이 들었다.

'건방진 생각일지도 모르지만, 역시 현재로서는 타격 부분보다는 내 몸을 건사하게 해줄 무언가가 있으면 좋겠어. 한번 확인해 보자. 포인트 상점!'

띠링!

—현재 보유 포인트: 9,100.

—포인트 상점을 이용하시겠습니까?

—포인트 상점을 이용하시려면 '상점'을, 포인트 상점을 닫으시려면 '닫기'를 외치십시오.

보유 포인트를 확인한 민우가 가볍게 고개를 끄덕였다.

'9,100포인트라. 혹시 모를 부상을 대비하려면 만병통치약을 구입할 5,000포인트는 남겨둬야 하니까⋯ 4,100포인트 내에서 해결을 봐야 한다는 말인데.'

사실, 더블A에서 부상자 명단에 등재되는 경험을 하기 이전까지만 하더라도 민우는 만병통치약에 대해 크게 신경 쓰지 않고 있었다.

부상이라고 할 만한 것을 당한 적이 없었고, 부상에 대한 기억도 과거에 비하면 많이 희석된 상태였기 때문이다.

하지만 펜스 플레이를 하며 얻었던 부상은 민우에게 다시금 부상에 대한 경각심을 가지게 만들었다.

그날 이후, 민우는 최소한의 보험으로 만병통치약의 가격인 5,000포인트는 절대로 손을 대지 않기로 다짐했다.

다시금 그날의 기억을 떠올리고는 다시는 그런 일이 없어야 한다는 듯 굳은 표정을 지어 보였다.

'부상을 당하지 않을 확신이 있다면 포인트를 모조리 쏟아부어서 제대로 준비하겠지만⋯ 미래를 예측하는 건 신이 아닌 이상 그 누구라도 불가능하니까.'

하지만 그런 생각도 잠시, 민우의 입가에는 옅은 미소가 피어났다.

'미래를 예측하는 건 불가능하지만, 나는 다른 이들과는 다르다. 능력치가 있고, 포인트 상점을 이용할 수 있다는 건 축복이라고 봐야겠지. 나에게 주어진 이 능력을 외면할 필요는 없다. 5,000포인트에 손을 대지 않는 선에서 이용할 수 있는 만큼 최대한 이용하자고.'

민우는 곧 4,100포인트로 살 수 있는 어떤 상품이 새로 나왔을지 기대하며 상점을 열었다.

'상점.'

띠링!

―포인트 상점을 이용 중입니다.

―일주일마다 상품의 종류, 가격이 변동됩니다.

―구매하실 상품의 이름과 가격, 사용 조건을 확인하세요.

―포인트 상점에서 구매한 상품의 구매 철회는 불가능합니다.

일주일 만에 다시금 눈앞에 떠오른 상점 이용 알림을 가볍게 넘긴 민우는 곧장 특성 강화 상점부터 살피기 시작했다.

'무협에 나오는 금강불괴 같은 게 있으면 좋을 텐데.'

금강불괴란 대략 온몸이 금강처럼 단단하여 어떤 수에도 타격을 받지 않는 상태라고 할 수 있다.

만약 그런 특성이 존재한다면 공격에서나 수비에서나 부상에 대한 걱정은 더 이상 하지 않아도 될 것이 분명했다.

민우는 말이 안 된다고 생각하면서도 지금 자신의 시야에 둥둥 떠 있는 것들도 현실적으로 말이 안 된다는 것을 인지하고는 피식 웃어 보였다.

'도저히 설명이 안 되는 능력치나, 아이템이나, 이런 걸 어느새 당연하게 받아들이고 있는 나도 참 대단하네.'

만약 이런 능력치가 없었다면 야구를 다시 할 수 있었을지, 프로야구 선수가 되는데 얼마나 걸렸을지 알 수 없는 일이었다.

그렇기에 민우는 자신에게 이런 능력을 부여해 준 정체불명의 존재에게 잠시 감사의 의미로 고개를 꾸벅였다.

'야구의 신님. 정말 감사합니다. 앞으로도 많이 도와주세요.'

잠시 잡생각에 빠져 특성 상점을 살피는 것을 멈췄던 민우는 다시금 정신을 차리고 상점을 살피기 시작했다.

그리고 얼마 지나지 않아 한 특성에서 멈춰 서서는 아리송한 표정으로 가볍게 미간을 찌푸렸다.

'으음… 애매한데… 이게 도움이 될까?'

4. 악바리: 데드볼을 맞을 시, 다음 타석에서 안타를 때려낼 확률이 높아진다.—1,200p

'악바리' 특성은 민우가 포인트 상점이 처음 개방되었을 때부터 존재하던 특성이었다.

하지만 당시에는 가격이 무려 2,000포인트였고 이후로도 그다지 필요성을 느끼지 못한 특성이었기에 깊게 관심을 가지지 않았었다.

하지만 막상 부상이라는 경험을 겪고 난 뒤 경각심에 더해, 당장 내일 경기에서 선발로 나설 J. 산체스의 좋지 않은 제구력과 겹쳐지니 자기도 모르게 눈이 멈추고 말았다.

하지만 무어라 확신이 서지는 않았다.

'악바리라……. 특성의 이름만 보면 한두 개쯤 몸에 맞아도 멀쩡할 것 같은데, 그 설명은 또 그런 건 싹 빼고 안타에 대해서만 언급하고 있다는 말이지.'

민우가 당장 최우선으로 생각하는 것은 부상 방지였다.

타격 능력치가 올라간다는 건 절대로 나쁜 것은 아니었지만, 만약 내일 경기에서 J. 산체스의 공에 부상이라도 당한다면 그런 능력치는 아무짝에도 쓸모가 없어지는 것이었다.

만약 가격이 비쌌더라면 깔끔하게 포기하고 다른 특성을 찾아봤겠지만, 가격이 생각보다 꽤나 저렴했기에 자연스레 관심이 가는 것이기도 했다.

'음. 일단은 보류해 두자. 만약 다른 특성이나 아이템 같은 게 살게 없으면 그때 사도 문제는 없으니까.'

답이 나오질 않는 걸 붙잡고 있는 건 시간낭비일 뿐이었다.

민우는 다시 시선을 돌려 특성들을 순서대로 살펴 내려가기 시작했다.

그렇게 특성들을 살피다 보니 상점이 갱신될 때마다 습관적으로 확인하던 '투구 분석관' 특성이 자연스레 눈에 들어왔다.

7. 투구 분석관: 투수의 구종을 예측할 수 있다.─10,000p

'오랜만에 또 싸졌네. 만병통치약을 포기하면 살 수 있을 만한 가격이긴 한데…….'

투수를 상대하는 데에 가장 중요한 것이 구종 파악이었다.

투수판에서 홈 플레이트까지의 거리인 18.44m.

타자는 투수의 손을 떠난 공이 9m 지점을 지날 때, 스윙을 할 것인지 말 것인지에 대해 결정해야 한다.

그리고 이 거리는 투수의 릴리스 포인트에 따라 더욱 줄어들게 되고, 그만큼 타자가 구종을 판단할 시간은 더욱 줄어들게 된다.

만약 투수가 던지는 공의 구종을 예측할 수 있다면 몸 쪽을 향해 위협적으로 날아오는 공이라도 휘어져 나갈지, 그대로 몸을 때릴지 곧장 예측이 가능했다.

그리고 이 점은 내일 상대해야 하는 J. 산체스의 공에도 마찬가지로 적용이 될 수 있었다.

하지만 역시 문제는 가격이었다.

현재 민우가 가진 포인트는 9,100포인트.

'투구 분석관' 특성을 구매하기 위해서는 900포인트가 부족한 수치였지만, 꾸준히 출전을 할 수 있다면 다음 갱신 이전까지 900포인트를 모으는 것이 불가능한 것만은 아니었다.

'만병통치약을 포기한다면 말이지……'

민우는 아주 잠깐의 시간 뒤, 더는 고민할 것도 없다는 듯 고개를 저었다.

'아무리 좋은 특성이라도 다를 건 없어. 괜히 포인트를 소모했다가 큰 부상이라도 당한다면… 잠깐의 욕심 때문에 평생

야구를 쉬게 될지도 모른다. 접자.'

미래를 알 수 없기 때문에 대비하는 것만이 최선의 길이었다.

최우선 순위는 부상 방지였지만, 만약의 부상을 대비해 차선책으로 만병통치약을 사용할 포인트는 남겨두어야 했다.

민우는 판단과 동시에 곧 시야에서 '투구 분석관' 특성을 치워 버리며 다른 특성으로 관심을 돌렸다.

그리고 다시금 기존의 특성들을 하나하나 상세히 살피기 시작했다.

하지만 역시나 부상 방지와 관련된 특성은 딱히 보이지 않았다.

'역시 '악바리' 외에는 없는 건가…… 펜스 브레이커처럼 타석에서도 뭔가 하나 확실한 게 있었으면 좋겠는데……'

그렇게 특성 상점을 거의 다 살펴본 민우가 마지막으로 시선을 돌렸다.

14. 신체 강화: 특정한 상황에 처할 시, 순간적으로 신체 능력을 강화시켜 부상의 위험을 줄여준다.—2,700p

'음. 신체 강화라……. 엉?'

아쉬운 시선으로 마지막 특성을 확인하던 민우가 순간 침대가 출렁일 정도로 몸을 벌떡 일으키며 두 눈을 크게 떠 보였다.

'신체 강화!?'

민우는 자신의 눈앞에 떠 있는 특성이 믿기지 않는다는 듯, 몹시 놀란 듯한 표정을 짓고는 곧 그 설명을 빠르게 살피기 시작했다.

'이게 무슨… 내 마음을 읽기라도 한 거야?'

예상치 못한 특성의 발견에 민우는 꽤나 얼떨떨한 기분이었다.

'신체 강화' 특성은 민우가 상상하던 금강불괴의 그것은 아니었다.

하지만 마치 무협에서 나올 법한 금강불괴의 효과처럼 신체 능력을 향상시켜 부상의 위험을 줄여준다는 설명은 민우에게 너무나도 매혹적으로 다가오고 있었다.

무언가에 홀린 듯, 순간적으로 구매를 하려던 민우는 설명에 쓰인 한 단어가 뇌리를 스치자 순간적으로 멈칫거렸다.

'그런데… 특정한 상황이 내가 생각하는 그런 상황일까……?'

냉정하게 다시 보니 그 설명이 조금 애매하게 느껴졌다.

'확실히 '펜스 브레이커' 특성만 보더라도 펜스 플레이라는 구체적인 조건이 있잖아. '악바리' 특성도 그렇고 이것도 그렇고, 관심은 가는데 조금씩 애매한 감이 없지 않네. 무턱대고 사자니 2,700포인트가 그리 적은 가격도 아니고. 흐으음.'

민우는 한 손으로 턱을 매만지며 고민에 고민을 거듭했다.

만약 특정한 상황에 몸에 맞는 공이 적용되지 않는다면 그 효과에 비해 너무나도 비싼 값을 치르게 되는 것이었다.

잠시 고민하던 민우는 머리가 아픈 듯, 미간을 가볍게 찌푸렸다.

'악바리' 특성과 마찬가지로 '신체 강화' 특성도 직접 구입하기 전까지는 그저 추측일 뿐이었다.

'킵 해두자, 킵. 아직 살펴봐야 할 건 많으니까.'

민우는 곧 가상의 장바구니에 '신체 강화' 특성을 담고는 곧 특성 강화 상점을 종료하고 아이템 상점과 스킬 상점을 둘러보기 시작했다.

하지만 아이템 상점과 스킬 상점에서는 딱히 구입할 만한 것들이 보이지 않았다.

'하긴… 아이템으로 몸을 보호하려면 강철 속옷 정도는 나와 줘야 할 테니까…… 결국, 이 두 가지에서 골라야 하는 건가.'

현재 사용 가능한 가용 포인트는 4,100포인트였다.

이번에 갱신된 포인트 상점에서 민우가 원하는 조건을 충족하는 건 '악바리'와 '신체 강화' 특성이 고작이었다.

민우는 두 가지 특성 중 어떤 것을 구입해야 할지 고민을 하기 시작했다.

그리고 정답 없는 고민이 길어질수록 미간의 주름은 점점 깊어져 갔다.

얼핏 보면 꽤나 죽이 맞는 조합이기도 했다.

신체 강화 능력으로 몸에 맞는 볼에 대한 충격을 줄여주고, 반사 효과로 타석에서의 안타 확률이 높아지는 것.

'물론 내가 상식적으로 알고 있는 위험한 상황과 특성의 설명에 쓰인 특정한 상황이 같아야 가능하겠지만 말이지.'

결국 확실한 결론을 내리지 못한 민우는 곧 충동적인 생각에 사로잡혔다.

'그냥 두 가지 다 구입해 버려?'

두 가지 특성의 총 가격은 3,900포인트였기에 두 가지 특성을 모두 구입하기에 가용 포인트는 충분하고도 남았다.

잠시 고민을 하던 민우는 여태껏 구입한 특성으로 손해를 본 기억이 없다는 것을 떠올리고는 가볍게 고개를 끄덕였다.

'고민해 봐야 답도 안 나오고. 당장 구입할 것도 없고, 어차피 언젠가는 쓸모가 있을 법한 특성이기도 하니까. 둘 다 사자.'

결심을 내리자 구입은 순식간에 이루어졌다.

―'악바리'를 구매하였습니다.

―1,200포인트가 소모됩니다.

―현재 보유 포인트: 7,900.

―'신체 강화'를 구매하였습니다.

―2,700포인트가 소모됩니다.

―현재 보유 포인트: 5,200.

두 가지 특성을 구입하고 남은 잔여 포인트는 정확히 5,200포인트였다.

앞으로 한동안은 다시금 포인트를 모아야만 새로운 상품을 구입할 수 있게 되었다.

'닫기.'

―포인트 상점 이용을 마칩니다.

"후우."

신체 강화 특성을 발견한 순간부터 꼿꼿이 세우고 있던 몸은 상점 이용을 끝내고 나서야 뒤로 뉘일 수 있었다.

민우는 등 뒤로 느껴지는 이불의 푸근한 느낌에 곧 두 눈을 감았다.

'부디 이 투자가 보람찬 투자이기를.'

조그마한 바람과 함께 민우의 정신이 서서히 꿈의 세계로 빠져들어 갔다.

제3장

더 강 쇼(The Kang Show)

오늘 경기는 다음 원정 이동을 위해 낮 경기로 예정이 되어 있었다.

그렇기에 훈련 시간 역시 당겨진 경기 시간만큼 더 일찍 잡혀 있었다.

정해진 단체 훈련 시간이 되자 AT&T 파크엔 홈팀인 자이언츠의 선수들이 빠져나가고 다저스의 선수들이 하나둘 들어섰다.

선수들이 찌뿌둥한 몸을 풀며 잠시 잡담을 나누고 있을 때, 한쪽에서 거친 목소리가 들려왔다.

"왜 제가 선발 라인업에서 제외된 겁니까?"

그 목소리에 모두의 시선이 일순 소리가 들려온 방향으로 돌아갔다.

민우 역시 그들과 같이 고개를 돌려 소리의 주인공을 바라봤다.

'역시나. 저 녀석이구나.'

목소리의 주인공은 다름 아닌 다저스의 주전 중견수이자 민우가 넘어야 할 산, 켐프였다.

켐프는 분노를 억누르는 듯한 표정으로 자신보다 키가 한 뼘 이상 작은 매팅리 타격 코치를 아래로 노려보고 있었다.

그리고 그런 켐프를 올려다보는 매팅리의 표정은 무표정이라고 할 만큼 어떤 감정도 드러나 있지 않았다.

아마 이런 상황이 생길 것을 대비해 켐프에게 라인업 발표 이전에 귀띔을 해준 듯했지만, 켐프가 이렇게 대놓고 불만을 표출할 줄은 몰랐다는 듯한 느낌이었다.

켐프의 입에서 나온 불만의 목소리에 몇몇 선수가 '헐' 하는 표정으로 가볍게 동요하기 시작했다.

"뭐야? 켐프가 빠졌다고?"

"와, 진짜? 저 녀석이 선발 라인업에서 제외된 적이 있었나?"

"감독님이 꽤나 심사숙고하셨겠는데?"

보통 선수들의 라인업은 그날그날의 사정에 따라 적절한 선수를 배치해야 하기에 감독에 따라 늦으면 경기 시작 한 시간쯤 전에 발표되기도 했다.

그리고 경기의 라인업이 외부에 발표되는 것이나 선수들에게 알리는 것이나 차이가 없는 경우가 많았다. 그리고 이날도 선수들에게 뒤늦게 라인업이 알려지게 된 것이었다.

하지만 보통 캠프 급의 주전 선수들은 라인업에서 제외되는 경우가 거의 없었기에 선수들도 꽤나 놀란 듯한 표정으로 계속해서 거친 목소리로 불만을 표출하는 캠프를 바라보고 있었다.

사실 코칭스태프에게 반기를 드는 듯한 그런 행동은 팀 케미스트리에 전혀 도움이 되지 않는 것이었다.

'사실 엄밀히 따지고 보면 매팅리 코치님은 정해진 라인업을 전달해 준 것뿐일 텐데, 저런 식의 반응이라니. 저건 예의가 아니지.'

그렇기에 선수들이 웅성거리는 그 모습에 최고참 블레이크가 곧장 캠프의 곁으로 다가가 그를 한쪽으로 데리고 갔고, 그제야 소란이 잦아들었다.

매팅리 코치도 더 이상 화를 키우지 않겠다는 듯, 잠시 그 뒷모습을 지그시 바라보고는 이내 더그아웃으로 들어가 손에 들고 있던 서류들을 살펴보는 모습이었다.

소란이 잦아들자 선수들도 이내 관심을 돌려 두런두런 모여 미리 몸을 풀고 있었다.

민우 역시 가볍게 스트레칭을 하고 있었는데 그의 귀에 캠프의 몰상식한 태도를 씹는 목소리가 들려왔다.

그리고 켐프를 언급하는 그 목소리에 민우도 자연스럽게 귀가 기울여졌다.

"저 녀석, 언젠가 이런 날이 올 줄 알았다. 올 시즌에 물방망이에 돌글러브질로 날려먹은 경기가 도대체 몇 개였냐."

민우는 힐끔 고개를 돌려 목소리를 낸 이를 바라봤다.

목소리의 주인공은 마무리 투수인 브록스턴이었다.

그는 팀의 마무리 투수라는 중책을 맡은 투수답게 책임감이 강한 선수였다.

지난 시즌의 선전에 이어, 올 시즌도 6월까지는 든든한 모습을 보여주며 선전하는 듯했지만, 7월에 들어 급격히 무너지는 모습을 보이고 있었다.

그리고 브록스턴은 그런 자신의 문제점을 개선하고 지난 시즌의 위용을 되찾기 위해 추가 훈련도 마다하지 않는 부지런한 선수였다.

하지만 동갑내기로 팀의 중심타선을 이끌어야 할 켐프가 슬럼프에 빠졌음에도 그 책임감을 전혀 느끼지 못한 채 태업을 하며 여자에게나 관심을 보이는 모습을 보이자 꽤나 불편한 심기를 드러내고 있었다.

몇몇 투수들은 그런 브록스턴의 발언에 긍정을 표하는 모습을 보이고 있었는데, 그 모습에 켐프의 입지가 꽤나 줄어들었음을 추측할 수 있었다.

그리고 이런 상황은 민우에게 긍정적으로 다가오고 있었다.

'물 들어올 때 노 저으란 말이 있지.'

멀쩡하게 잘 하고 있는 선수의 자리를 뺏는 것이 아니었다.

현재에 안주하고 부진에 태업을 보이는 프랜차이즈 스타에
겐 주전 자리의 보장이 없다는 것을 암시하는 것이기도 했다.

민우는 그 모습에서 자신이 나아가야 할 길을 어렴풋이 비
춰보고는 가볍게 고개를 끄덕였다.

'한 번만 와라. 주전 자릴 차지하면 절대로 놓지 않을 테니
까.'

오늘 첫 선발 경기가 바로 그 첫걸음이었다.

오늘 경기에서 가능성을 보이면 앞으로도 더욱 많은 기회
가 올 것이 분명했다.

민우는 고개를 돌려 AT&T 파크의 전경을 바라봤다.

그러자 지금은 텅 빈 관중석에서 'Beat LA!'라는 구호를 외
치던 자이언츠의 팬들의 모습이 떠올랐다.

지난 2경기에서 다저스에게 모두 패배를 당한 자이언츠였
다.

그렇기에 시리즈 마지막 경기인 오늘, 자이언츠 팬들은 더
욱 성난 태도와 거친 목소리로 다저스의 기를 죽이고 마지막
승리를 따내려 할 것이 눈에 훤했다.

그리고 민우가 그라운드에 나서는 순간, 사방에서 민우를
잡아먹을 듯한 눈초리와 목소리가 쏟아질 것이 분명했다.

민우가 그 모습을 상상하며 굳은 표정을 짓고 있을 때.

턱!

누군가 민우의 어깨에 팔을 둘렀다.

민우의 피부색과 얼핏 비슷한 그 팔의 모습에 민우가 가볍게 고개를 돌렸다.

"구로다?"

민우의 어깨에 팔을 두른 이는 다저스 선발의 한 축을 담당하고 있는 일본인 투수, 구로다였다.

그리고 구로다는 오늘 경기에서 선발로 나설 투수이기도 했다.

구로다는 36살이라는 나이임에도 올 시즌 무려 160이닝을 던지며 10승을 기록하고 있었다.

이처럼 나이에 걸맞지 않는 부지런함과 꾸준함을 보이는 것에 더해 그 인성 또한 바르고 겸손한 모습을 보이며 팬이나 선수를 가릴 것 없이 많은 이의 존경을 받고 있는 선수였다.

민우 역시 항상 즐거운 표정으로 최선을 다해 훈련에 임하고, 주변 선수들에게 살갑게 대하는 구로다의 모습에 호감을 가지고 있는 상태였다.

하지만 한국과 일본은 역사적으로 꽤나 좋지 않은 관계였기에 혹시나 하는 마음을 가지고 약간의 거리를 두고 있기도 했다.

민우의 이런 생각과 달리, 구로다는 전혀 그런 생각을 가지고 있지 않다는 듯 민우에게도 꽤나 살갑게 대하고 있었다.

민우가 자신을 바라보자 구로다가 어깨에 둘렀던 팔을 내리고는, 이를 드러내고 씨익 웃어 보였다.

"첫 선발 출전이네. 축하한다. 그런데 표정이 많이 굳어 있던데, 긴장이라도 되는 거야?"

구로다의 물음에 민우가 가볍게 고개를 저었다.

"아뇨. 긴장되지는 않아요. 이미 2경기를 뛰어보기도 했고요."

"그럼 왜 이렇게 굳어 있는 거야? 어디 아프기라도 한 거야?"

민우의 대답에 구로다가 미소를 지운 채 혹시나 하는 표정으로 민우를 바라봤다.

그 모습에 민우가 다시금 고개를 저었다.

"그냥, 메이저리그에서의 첫 선발 출전이잖아요. 그러니 그동안 갈고 닦은 실력을 오늘 경기에서 한 번 제대로 보여주려고요."

어느새 두 눈을 빛내며 미소를 지어 보이는 민우의 모습에 구로다가 잠시 놀란 표정을 짓더니 이내 민우의 어깨를 두드리며 웃음을 터뜨렸다.

"하하. 이거 내가 오해를 했구나. 그래. 그런 포부가 있어야지. 그럼 오늘 널 믿고 마음 편히 던져도 되는 거지?"

"예, 믿어주세요. 단 하나도 흘려보내지 않을 테니까요."

민우는 그 말과 함께 입꼬리를 말아 올리며 손으로 가슴을 가볍게 두드렸다.

그 모습에 구로다 역시 만족스러운 미소를 지은 채 민우의 어깨를 가볍게 두드려 주었다.

"그래. 그럼, 센터 필드를 잘 부탁한다. 오늘 경기에서 승리한다면, LA로 돌아가서 내가 거하게 한 턱 쏘마. 내가 아는 한국 식당이 있는데, 거기 맛이 일품이거든. 아마 네 입맛에도 잘 맞을 거다."

구로다의 제안에 민우는 잠시 자글자글 끓고 있는 된장찌개를 떠올렸다.

'한국 음식이라. 정말 맛있겠는걸.'

어머니가 해준 음식을 먹어본 지가 벌써 반년이 다 되어가고 있었기에 더욱이 입가에 침이 고였다.

민우는 곧장 환한 미소를 지으며 고개를 끄덕였다.

"예. 거길 가기 위해서라도 반드시 이겨야겠네요."

민우의 대답에 곧 웃음을 지어 보인 구로다는 미팅을 알리는 매팅리의 목소리가 들려오자 민우에게 고갯짓을 하고는 곧 더그아웃 앞쪽으로 걸음을 옮겼다.

'역시, 정말 좋은 사람이야.'

그동안 구로다와는 크게 겹칠 일이 없었기에 가볍게 인사를 나누는 수준이었지만, 왠지 오늘 일을 계기로 꽤나 친해질 것만 같았다.

잠시 구로다를 바라보던 민우는 그 뒤를 따라 빠르게 발걸음을 옮겨갔다.

＊　　　＊　　　＊

국가 제창이 끝나자, 자이언츠의 선수들은 곧장 수비 위치로 흩어졌다.

다저스의 선수들은 선두 타자인 캐롤과 후속 타자인 테리엇을 제외하고는 모두 더그아웃으로 들어와 있는 상태였다.

다저스의 선수들은 자이언츠의 선발로 나선 J. 산체스가 몸을 푸는 모습을 유심히 관찰하기 시작했다.

J. 산체스는 연습 투구임에도 포수가 내민 미트의 위치와 조금씩 어긋나는 모습을 보이며 가볍게 미간을 찌푸리고 있었다.

헬멧을 쓴 채 그 모습을 바라보던 이디어는 가볍게 미간을 찌푸리며 고개를 저었다.

"저 녀석, 오늘도 한 명 맞추겠는데."

이디어의 이야기에 일부 선수들이 가볍게 고개를 끄덕였다.

J. 산체스는 올 시즌, 다저스와의 경기에서 2번의 선발 등판을 했었는데, 공교롭게도 그 두 경기에서 각각 한 개씩의 몸에 맞는 공을 기록했었고, 그중 한 명이 바로 이디어였다.

이디어는 한 달 전의 기억이 떠오른 듯, 손으로 한쪽 엉덩이를 문지르는 모습을 보이고 있었다.

민우는 잠시 그 모습을 바라보고는 다시금 연습 투구를 끝낸 J. 산체스에게로 시선을 돌렸다.

전날 민우가 우려했던 대로 J. 산체스의 제구력은 그리 좋지 않은 모습이었다.

'불안하긴 하지만, 역시 기회라면 기회겠지. 몸 쪽으로 향하는 공에 좀 더 주의를 기울이고, 스트라이크 존으로 몰리는 공을 노리면 좋은 결과가 있을 거야.'

제구가 되지 않는다는 건, 몸에 맞을 확률도 높지만 타자에게 먹음직스러운 공이 날아온다는 의미이기도 했다.

걱정하는 건 좋았지만, 아직 벌어지지 않은 일에 지레 겁을 먹고 소극적으로 대처하는 것은 그리 좋지 않은 방법이었다.

'혹시나를 대비해서 '신체 강화' 특성도 구입했으니까. 그 효과가 몸에 맞는 공에도 적용될 지는 확실하지 않지만, '악바리' 특성은 확실하니까. 두 가지 특성이 내 생각대로 먹혀들었으면 좋겠는데.'

잠시 그런 생각을 하던 민우는 무심코 벌써부터 공에 맞을 준비를 하고 있는 자신의 모습에 피식 웃어 보였다.

'내가 무슨 생각을 하는 거야. 효과가 궁금하긴 하지만 맞지 않는 게 최선인데.'

바로 옆에서 민우가 웃는 모습을 본 기븐스가 미소를 지은 채 민우의 옆구리를 가볍게 두드렸다.

"선발로 출전하니까 좋아?"

기브스는 전날 경기에서 선발로 뛰었지만, 오늘 경기에선 다시금 선발 라인업에서 제외가 된 상태였기에, 민우를 향해 장난스럽게 질투의 시선을 보내고 있었다.

"누가 말씀하셨는데 부러우면 지는 겁니다."

"뭐야? 이놈 봐라."

민우의 장난스러운 대답에 벙찐 표정을 짓던 기브스는 이내 웃음을 터뜨리고는 민우의 어깨를 팡팡 두드렸다.

그렇게 장난을 치는 사이 주심이 경기 개시를 알리며 자이언츠 원정 3차전 경기가 진행되기 시작했다.

양 팀이 각각 삼자범퇴를 만들어내며 소득 없는 1회가 지나갔다.

그리고 2회 초.

켐프의 결장으로 조정된 타순에 4번 타자로 나선 블레이크가 깨끗한 2루타를 때려내며 다저스의 첫 출루를 만들어냈다.

이후 5번 타자인 로니도 우측 펜스를 향해 큼지막한 타구를 날려 보냈지만, 맥코비 코브에서 불어오는 바람을 이기지 못한 채 펜스 앞에서 잡히고 말았다.

하지만 그사이 2루에 있던 블레이크는 태그 업 플레이로 여유 있게 3루에 도달하며 큼지막한 플라이 하나만 나와도 득점을 가져갈 수 있는 상황이 만들어졌다.

그리고 타석에는 오늘 경기에서 첫 선발 출전이자 6번 타자로 나서게 된 민우가 들어서고 있었다.

―1사에 주자 3루, 타석에는 켐프 선수를 대신해 오늘 경기에서 중견수로 선발 출전한 '슈퍼 루키' 강민우 선수가 들어서고 있습니다.

―강민우 선수는 요즘 다저스에서 가장 핫한 플레이어라고 할 수 있죠?

―그렇습니다. 사실 메이저리그에서 뛰는 선수들도 3타석에서 3홈런을 때려내는 건 정말 어려운 일이거든요? 그런데 이제 갓 메이저리그에 올라온 루키 선수가 교체로 출전한 데뷔 첫 타석 첫 스윙으로 홈런을 만들어냈고요. 자이언츠와의 원정 1차전에서는 경기 중반 교체로 출전해 2타석에 들어서 연타석 홈런을 때려냈습니다. 선발도 아니고 교체 출전만으로 이런 기록을 만들어냈다는 건 정말 대단한 겁니다. 그것도 루키 선수가 말이죠. 과연 이번 타석에서는 어떤 결과를 만들어 낼 것인지 정말 기대가 됩니다.

민우는 배터 박스의 바닥을 스파이크로 문지르며 마운드로 시선을 돌렸다.

'5번의 타석에서 4번은 초구로 포심, 1번은 슬라이더였지. 그런데 슬라이더가 제구가 안 돼서 2루타를 맞았고.'

경기 시작 전, 연습 투구에서부터 시작된 제구 난조를 아직 제대로 다잡지 못하고 있는 J. 산체스였다.

다만 제구력이 떨어진 대신, 패스트볼 구속이 자신의 최고 구속에 가까운 93, 94마일에서 형성되며 위력적인 모습을 보이고 있었다.

'24개 중에 패스트볼만 19개라… 한가운데로 몰리는 공이 없다는 건 제구가 조금씩 잡혀가고 있다는 소리겠지. 하지만 나한테 경각심을 가지고 있다면… 역시 가장 자신 있는 공을 던질 거야.'

투수가 던질 공에 대한 예측은 결국 타자 스스로가 투수라면 타자에게 어떤 공을 던질지를 예측하는 것이기도 했다.

단 세 타석이었지만 강렬한 임팩트를 남긴 민우였기에 제구가 되지 않는 공을 섣불리 던지지 않으리라는 생각이었다.

'초구는 포심 패스트볼일 확률이 높다. 큰 스윙보단 정확한 스윙으로 블레이크를 불러들이는 걸 목적으로 하자.'

노림수는 정했지만 혹여나 다른 공이 들어온다면 언제든지 대응할 수 있도록 J. 산체스의 공을 끝까지 보는 것은 물론이었다.

빠르게 생각을 마친 민우가 배터 박스에 자리를 잡자 그 모습을 힐긋 바라봤다.

'타격감이 좋은 상태니까. 몸 쪽으로 바짝 붙여서 시야를 흩트리고 바깥쪽으로 흘러나가는 슬라이더로 배트를 끌어내

보자.'

그런 생각과 함께 포지가 다리 사이로 손을 넣고 빠르게 움직이기 시작했다.

곧 사인을 받은 J. 산체스가 가볍게 고개를 한 번 흔들고는 투수판을 밟은 채, 3루 주자인 블레이크를 어깨 너머로 힐끔 바라봤다.

그러고는 무릎을 빠르게 들어 올리고는 곧장 스트라이드를 내디디며 빠르게 공을 뿌렸다.

슈우욱!

J. 산체스의 손을 떠난 공은 민우의 허리를 향해 빠르게 날아오기 시작했다.

그 모습에 스트라이드를 톡톡 내디디며 타이밍을 잡던 민우의 두 눈이 크게 떠지고는 곧장 허리를 쭉 뺐다.

동시에 민우가 서 있던 그 위치로 J. 산체스가 뿌린 공이 아슬아슬하게 지나갔다.

예상보다 훨씬 안쪽으로 파고들었다는 듯, 포지 역시 급히 미트를 옮기는 모습을 보였다.

팡!

"볼!"

거의 폴짝거리듯이 움직이며 그 공을 겨우 잡아낸 포지가 투수를 바라보며 양 손을 아래로 내리는 모습을 보였다.

공에 맞을 뻔했던 민우는 가볍게 숨을 내쉬고는 그 모습을 지켜보고 있었다.

'하마터면 뼈 나갈 뻔했네. 손에서 빠진 건가? 아니면 바깥쪽 공을 던지기 위한 밑밥인가?'

두 가지 다 가능성이 있었지만 포지의 반응으로 봤을 때 전자일 확률이 훨씬 높았다.

'제구가 안 된다면 몸 쪽보단 역시 바깥쪽이겠지.'

제구가 안 되는 투수는 타자를 맞춰서 출루를 시킬지도 모른다는 부담에 몸 쪽보다는 바깥쪽으로 공을 던질 확률이 더 높았다.

놀란 가슴을 쓸어내린 민우가 다시금 배터 박스에 자리를 잡았다.

같은 위치에 자리를 잡는 민우의 모습에서 포지가 무언가를 알아챈 듯, 빠르게 머리를 굴리기 시작했다.

'바깥쪽 공을 생각하고 있는 것 같은데. 몸 쪽으로 하나 더 꽂아보자.'

다리 사이에 손을 넣은 채 빠르게 사인을 보낸 포지가 미트를 팡팡 두드리고는 조심스레 민우의 몸 쪽으로 몸을 기울이며 미트를 들어 보였다.

곧, J. 산체스가 세트 포지션 자세에서 빠르게 공을 뿌렸다.

슈우욱!

J. 산체스의 손을 떠난 공은 그 특유의 폼의 영향으로 민우의 등 뒤쪽에서 날아오기 시작했다.

그런데 그 궤적이 상당히 좋지 않았다.

스트라이크존을 두 곳으로 나눠 바깥쪽을 더 신경 쓰고 있던 민우는 초구보다 더욱 깊게, 등 뒤쪽에서 날아오듯 보이는 공에 몸을 크게 움츠리며 두 눈을 질끈 감고 말았다.

빠악!

"악!"

민우는 순간 눈앞이 번쩍하는 느낌과 함께 그대로 몸을 크게 휘청거리며 곧 그라운드로 넘어지고 말았다.

들려와서는 안 될 소리가 그라운드에 울려 퍼지자 피아의 구분 없이 모두의 입에서 경악스러운 비명이 터져 나왔다.

그리고 양 팀의 더그아웃 선수들의 표정 또한 급격히 굳어졌다.

─어우. J. 산체스의 공이 강민우 선수의 머리를 강타합니다. 오, 이런… 강민우 선수가 그라운드에 누운 채로 일어나지 못하고 있습니다. 부디 괜찮아야 할 텐데요.

공에 맞은 충격이 가시지 않은 듯, 민우는 그라운드에 누운 채, 두 눈만을 껌뻑거리고 있었다.

동시에 다저스의 더그아웃에서 구단 트레이너가 뛰어나와 곧장 민우에게로 달려갔다.

그 모습을 바라보는 J. 산체스의 얼굴에는 당황한 기색이 역력했고, 마운드에 선 채로 움직이지 못하는 모습이었다.

─J. 산체스 선수의 얼굴에 당황한 기색이 역력합니다. 사실 J. 산체스 선수가 오늘 제구가 완벽하지 못한 모습을 계속해서 보여줬거든요. 표정을 봐서는 고의성이 있는 공은 아닌 것으로 보입니다.

뻥 뚫린 하늘을 바라보던 민우는 순간적으로 벌어진 일에 놀란 상태였다.

'무슨 일이었지?'

분명 머리로 공이 날아오는 것이 시야에 잡혔다.

공이 날아오는 순간, 극한의 공포감이 온몸을 엄습했고, 본능적으로 몸을 움츠리는 것 이외에는 아무것도 할 수 없었다.

그리고 둔탁한 소리와 함께 머리가 따끔거리는 느낌에 놀라 소리를 질렀다.

그런데 뒤이어 느껴져야 할 엄청난 고통 대신 약간 따끔거리는 느낌만이 잔상처럼 남아 있을 뿐이었다.

너무나도 순식간에 일어난 일이었기에 몸에 무슨 변화가 일어났는지 느낄 새가 없었다.

빠르게 두근거리는 심장의 박동이 지금의 상황이 꿈이 아니라는 것을 알려주고 있을 뿐이었다.

그리고 민우가 조금 전의 일을 떠올리기도 전에 급히 다가

온 트레이너가 민우의 두 눈을 바라보며 말을 걸어왔다.

"강! 괜찮아? 정신 차려!"

그제야 먹먹하던 민우의 귓가에 주변 소음이 천천히 들려오기 시작했다.

빠르게 두근거리던 가슴도 서서히 진정되기 시작했다.

민우가 빠른 동작으로 자리에서 일어나자 놀란 눈빛의 트레이너가 급히 민우의 몸을 붙잡았다.

"민우, 무리해서 움직이지 말고. 머리는 어때? 어지럽거나, 시야가 흔들리거나 하지는 않아?"

"예, 괜찮습니다. 보세요. 아무렇지도 않아요."

민우는 그 모습에 머리를 이리저리 돌리고 팔을 흔들어 보이며 자신의 건재함을 알렸다.

그 모습에 트레이너는 다행이라는 시선을 보내며 혹시나 벌어질 불상사를 방지하기 위해 몇 가지 테스트를 하기 시작했다.

그리고 테스트 뒤에 민우가 정상이라는 걸 확인하고는 안도의 한숨을 쉬며 고개를 끄덕이고는 더그아웃으로 돌아가는 모습이었다.

민우는 곧장 1루를 향해 뜀박질해 나갔고 그 모습에 J. 산체스도 걱정스러운 마음을 덜은 듯, 굳어진 어깨를 풀기 위해 가볍게 팔을 돌리고 있었다.

─정말 다행입니다. 강민우 선수가 자리에서 일어나 스스로 걸어서 1루를 향해 나아갑니다.

─다시 보시면, 강민우 선수가 궤적을 예측하고 빠르게 몸을 움츠렸는데요. 머리로 향하는 공이었지만 다행히도 헬멧 위쪽 부분을 비스듬히 맞으면서 그 충격이 줄어든 것 같습니다. 정말 다행입니다.

1루로 나선 민우는 J. 산체스를 바라보며 조금 전의 일을 되새겼다.

'이게 혹시 '신체 강화' 특성의 효과인건가.'

그렇지 않고서는 지금 민우의 상태를 설명하기가 힘들었다.

이번 몸에 맞는 공으로 그 효과를 제대로 확인하게 되었기에 민우가 조심스레 고개를 끄덕거렸다.

'설마 했는데… 이 정도면 완벽하다. 물론 헬멧이 충격을 흡수한 게 더해지긴 했겠지만, 앞으로 타석에서 몸 쪽 공에 대응하는 게 훨씬 더 수월해지겠지. 그리고… '악바리' 특성도 있으니까.'

민우는 또 하나의 특성을 떠올리곤 이내 입꼬리를 옅게 말아 올렸다.

공이 몸으로 날아온 것은 불행했지만, 결과적으로 얻은 것이 더 많았다.

'다음 타석이 기대되는걸.'

민우의 출루로 1사 1, 3루의 상황이 만들어졌다.

하지만 다저스의 물타선이 어디로 가는 게 아니라는 듯, 7번 타자인 존슨이 삼구삼진을, 8번 타자인 바라하스가 유격수 땅볼로 물러나며 허망하게 이닝이 마무리되고 말았다.

민우가 더그아웃으로 돌아오자 트레이너와 코칭스태프가 다가와 그 상태를 다시 한 번 확인하고는 민우의 어깨를 가볍게 두드려 주었다.

더그아웃에 있던 선수들 역시 민우를 향해 걱정스러운 한마디를 건네며 그 상태를 걱정함과 동시에 J. 산체스를 씹기 시작했다.

"저 녀석, 분명 우리가 2경기 연속 이겨서 시비 거는 거라고."

"맞아. 하나면 모를까. 두 개 연속으로 몸에 붙여서 던졌다면 빼도 박도 못 하는 거지."

"그것도 하필이면 맹타를 휘두르는 선수한테 그랬다는 건 목적이 뻔하잖아."

"이건 복수해 줘야 된다고!"

그리고 그런 선수들 사이에서 기븐스는 민우를 향해 계속해서 걱정스러운 눈빛을 보내고 있었다.

"정말 괜찮은 거야? 병원 안 가봐도 되는 거야?"

"예. 빗맞아서 그런지 몰라도 정말 괜찮으니까 걱정하지 않아도 돼요."

민우가 가볍게 고개를 끄덕이자, 기븐스는 곧 분노에 찬 시선으로 자이언츠의 더그아웃에 앉아 있던 J. 산체스를 노려보기 시작했다.

진심으로 자신을 걱정해 주는 기븐스의 모습에 민우의 입가엔 자연스레 미소가 피어올랐다.

민우는 그런 기븐스를 뒤로 한 채, 곧 빠르게 장구를 챙겨 수비 위치로 달려 나갔다.

수비 위치로 달려 나가는 민우를 바라본 구로다는 곧 굳은 표정을 지은 채 말 없이 로진백을 매만지며 타석으로 시선을 돌렸다.

타석에는 자이언츠의 4번 타자인 버렐이 들어서며 2회 말의 시작을 알리고 있었다.

그 모습을 선 채로 바라보던 바라하스는 곧 자리에 쭈그려 앉으며 구로다를 향해 사인을 보냈다.

'머리를 맞췄는데, 가만히 있을 순 없잖아.'

바라하스의 사인을 받은 구로다는 이의가 없다는 듯, 곧장 고개를 끄덕였다.

곧, 투수판을 디디고 키킹을 한 구로다가 스트라이드를 내디디며 강하게 공을 뿌렸다.

슈우욱!

구로다의 손을 떠난 공은 올곧은 궤적을 그리며 빠르게 날아가기 시작했다.

그런데 그 궤적은 스트라이크존이 아닌 타석에 서 있던 버 렐의 허벅지 방향으로 향해 있었다.

그 모습에 버렐이 빠르게 몸을 비틀며 이를 악물었다.

퍽.

"큭."

1초가 채 지나지 않은 순간에 구로다가 뿌린 공이 버렐의 허벅지에 꽂히며 가죽이 울리는 소리를 내뱉었다.

몸을 비틀며 그 공을 받아낸 버렐은 순간적으로 엄습하는 고통에 얼굴을 찌푸리고는 곧 시선을 돌려 마운드 위의 구로 다를 노려보기 시작했다.

평소 제구력이 좋기로 정평이 난 구로다였기에 다분히 고의 성이 보이는 공이라고 할 수 있었다.

그 모습에 AT&T 파크에는 분노에 찬 야유가 쏟아지기 시작 했다.

수비 위치에 선 채 그 모습을 바라본 민우는 의외의 상황 에 놀란 표정을 지어 보이고 있었다.

'설마, 복수해 준 거야?'

민우의 뇌리에 메이저리그의 불문율 하나가 떠올랐다.

'동료 타자가 맞으면 반드시 보복해 준다.'

그리고 이 불문율에 따라 그 보복은 바로 다음 이닝이 될 수도, 다음 경기가 될 수도, 다음 시즌이 될 수도 있었다.

시간에 구애받지 않는 불문율 중 하나였기에 언제 어디서 터질지 모르지만, 터지는 순간엔 보복을 당하는 팀은 그 공의 의미를 알 수 있었다.

그리고 다저스의 선택은 즉각적인 보복이었다.

아마 버렐은 구로다가 고의로 맞춘 것을 눈치챘을 것이다.

그리고 메이저리그의 불문율을 알고 있기에 분노를 누른 채 1루로 조용히 걸어 나간 것이었다.

어쩌면 민우가 모르는 더 복잡한 관계가 있을지도 몰랐다.

분명 J. 산체스는 이디어를 맞춘 전력도 있었다. 그리고 두 달 전에도 다저스의 선수 한 명을 맞췄다고 했다.

어쩌면 손에서 빠진 공이라고 믿고 그동안 참고 있던 다저스의 선수들이 민우가 헤드샷을 맞는 것에 보복을 시작한 것일지도 몰랐다.

그리고 이 보복구로 루키로서 기가 죽을 수도 있는 민우의 기를 살려줌과 동시에 상대 투수를 향해 제구가 되지 않으면 몸 쪽 공을 던지지 말라는 암묵적인 경고를 보내는 의미도 있었다.

민우는 다양한 경우의 수를 머릿속에 떠올렸다가 지워 버렸다.

그리고는 1루로 걸어 나가서 구로다를 노려보는 버렐을 바라보고는 다시금 마운드로 시선을 돌렸다.

구로다에게는 괜스레 미안하면서도 고마운 마음이 들고 있었다.

꾸준함과 신사적인 이미지의 구로다에게 빈볼 시비는 그 평판에도 영향을 줄 수 있었다.

그럼에도 동료인 민우를 위해 과감하게 빈볼을 던졌다는 것은 민우에게 꽤나 위로가 되는 행동이었다.

'나도 다음 타석에서 구로다를 도와줘야겠지.'

그리고 구로다의 행동에 민우는 전의를 더욱 불태우게 되었다.

눈에는 눈, 이에는 이도 좋지만 최고의 마무리는 팀의 승리를 위한 한 방이었다.

민우는 다음 타석에서의 한 방을 기약하고는 글러브를 매만지며 수비를 위해 자세를 낮췄다.

그와 동시에 혹여나 센터 필드로 날아올지 모를 타구를 놓치지 않기 위해 타석에 들어선 타자의 몸짓 하나하나를 예의 주시하기 시작했다.

구로다는 자신을 노려보는 버렐을 신경조차 쓰지 않는다는 듯, 후속 타자들에게 다시금 칼 같은 제구력을 뽐내기 시작했다.

슈우욱!

팡!

"아웃!"

"스트라이크 아웃!"

"스트라이크 아웃!"

자이언츠의 5, 6번 타자를 유격수 땅볼과 삼진으로 가볍게 돌려세운 구로다는 7번 산도발마저 삼구삼진으로 돌려세우며 자이언츠 타선을 압도하는 모습을 보였다.

허망하게 배트를 내돌리며 이닝을 마무리시키는 산도발의 모습에 자이언츠 팬들이 아쉬움이 담긴 표정으로 그 뒷모습을 바라봤다.

"구로다, 고마워요. 저 때문에 그런 공을 던져주신 거죠?"

민우는 빠른 뜀박질로 더그아웃에 돌아오자마자 구로다에게 감사를 표했다.

그리고 그 예의 바른 모습에 구로다가 옅게 미소를 지으며 고개를 저었다.

"내가 아닌 다른 사람이었더라도 동료가 당하는 모습을 가만히 내버려 두지는 않았을 거다. 만약 후에 우리 팀 동료가 당하는 모습을 보면 너도 지금의 나처럼 보여주면 되는 거다. 우리 팀 동료를 건드리면 어떻게 되는지를 말이지. 벤치 클리어링이든, 홈런으로 날려 버리든 말이야."

구로다의 이야기에 민우가 진지한 표정을 지으며 고개를 끄덕거렸다.

"예, 명심할게요. 그런 일이 생긴다면 꼭, 크게 한 방을 날려서 콧대를 눌러줄게요."

민우의 진지한 대답에 피식 웃어 보인 구로다가 손을 들어 민우의 어깨를 가볍게 두드리고는 곧 배트와 헬멧 등을 챙겨 들고는 더그아웃을 빠져나갔다.

그 모습에 민우도 곧 고개를 돌려 마운드에 올라 연습 투구를 하고 있는 J. 산체스를 바라보기 시작했다.

3회 초.

J. 산체스는 직전 이닝의 몸에 맞는 공에도 여전히 몸 쪽으로 붙이는 공을 고수하고 있었다.

그 모습에 민우는 눈앞으로 매섭게 날아오던 공이 떠올라 자기도 모르게 몸을 가볍게 떨었다.

'역시 메이저리거라 이건가.'

마이너리그에선 타자를 맞춘 투수들의 대부분은 이후 지레 겁을 먹고 몸 쪽 공을 아예 포기하거나, 몸 쪽으로 제대로 꽂아 넣지 못하는 모습을 보였었다.

하지만 이곳은 마이너리그에서 산전수전을 다 겪고, 그중에서도 최고라 꼽히는 이들만이 모인 메이저리그였다.

한 번의 실투로 몸 쪽 공을 포기하는 투수는 살아남을 수 없다는 것을 말해주듯 J. 산체스는 위협적인 상황을 겪고도 계속해서 몸 쪽 공을 뿌리고 있었다.

하지만 제구가 안 되는 것은 여전했기에 첫 타자인 구로다의 타석에서부터 위험한 장면이 연출되는 모습을 보였다.

그리고 그 위협적인 모습에 다저스 더그아웃의 분위기가 무겁게 가라앉았다.

"저 자식이 아직 정신을 못 차렸네."

"저거 확실히 제구 안 되는 거 맞아? 구로다가 공을 맞춘 거에 대해 복수라도 하겠다는 것 같은데."

불행인지 다행인지, 구로다는 결국 J. 산체스의 공에 삼진으로 돌아서며 별일 없이 더그아웃으로 돌아왔다.

구로다의 삼진으로 아웃 카운트 하나가 채워진 상황.

슈우욱!

따악!

캐롤이 J. 산체스의 실투를 가볍게 걷어내 깨끗한 2루타를 만들어냈고, 다저스는 다시금 득점권에 주자를 내보내며 선취 득점의 기회를 잡았다.

따악!

"아웃!"

따악!

"아웃!"

하지만 후속 타자들이 그 기회를 살리지 못한 채, 유격수 땅볼과 우익수 플라이로 허무하게 물러나며 공격 기회를 넘겨주어야 했다.

그러나 구로다는 여전히 무적투를 선보이며 3회 말을 다시금 삼자범퇴로 돌려세웠고, 보복구로 출루를 시킨 것을 제외하고는 퍼펙트 피칭을 이어가고 있었다.

구로다의 구위에 눌려 전혀 맥을 추지 못하는 자이언츠의 타선에 자이언츠 팬들은 경기 초반임에도 시리즈를 완전히 넘겨주는 것이 아닌가 하는 걱정에 벌써부터 우려의 눈빛을 보내고 있었다.

4회 초, 다저스의 공격은 4번 타자인 블레이크부터 시작되고 있었다.

앞선 타석에서 2루타를 때려냈던 블레이크는 J. 산체스의 2구째 바깥에서 찔러 들어오는 슬라이더에 배트를 내밀었다.

딱!

하지만 배트의 중심에서 한참 벗어난 헤드 부분으로 공을 때리고 말았고, 힘없이 튕겨 나간 공은 곧장 2루수의 글러브로, 다시 1루로 송구가 뿌려졌다.

팡!

"아웃!"

순식간에 아웃을 당하고 만 블레이크는 1루를 한참이나 남겨둔 채 몸을 돌려야 했다.

가볍게 아웃 카운트를 잡은 J. 산체스가 숨을 돌리는 것도 잠시.

따악!

5번 타자인 로니가 J. 산체스의 3구째 밋밋한 체인지업을 가볍게 건드려 안타를 뽑아내며 여유 있게 1루 베이스를 밟았다.

1회를 제외하고 벌써 3이닝 연속으로 출루를 허용하며 다저스에게 기회를 만들어주는 J. 산체스였다.

아직까지는 후속타를 맞지 않으며 실점을 허용하지 않고 있었지만 흔들리는 제구력은 자이언트 팬들에게 계속해서 불안감을 느끼게 하고 있었다.

계속해서 4회 초 1아웃 상황.

첫 타석에서 J. 산체스에게 헤드샷을 당한 민우가 다시금 타석에 들어서고 있었다.

민우는 배터 박스에 다가가 바로 들어서지 않고 그 옆에 잠시 멈춰 섰다.

그 뇌리에 전 타석에서의 기억이 떠올랐기 때문이었다.

고통은 느껴지지 않았지만, 그렇다고 머리로 향하는 공에 대한 공포가 없어지는 것은 아니었다.

몸이 기억하는 잔상 때문에 민우는 미약하게나마 몸이 긴장되는 것을 느끼고 있었다.

그러자 민우는 가볍게 무릎을 굽혔다 편 뒤, 배트를 쥔 채 만세를 부르듯 기지개를 켜며 긴장을 풀기 위해 노력했다.

'하나씩 주고받았는데, 설마 보복구를 던졌다고 또 맞히거나 하진 않겠지.'

혹시나 하는 마음이 들며 살며시 걱정이 됐지만 민우는 곧 그런 걱정을 떨쳐내고는 눈을 빛냈다.

'지레 겁먹어서는 아무것도 안 되지. 날 맞히면 어떻게 되는지 보여줘야지. 기필코 날려 버린다.'

마음을 다잡고 배터 박스에 들어서려던 민우는 문득 '악바리' 특성의 효과를 떠올리고는 의문을 가졌다.

'그런데 '악바리' 특성의 효과가 적용되고 있기는 한 건가?'

고개를 갸웃거리던 민우는 자신을 지그시 바라보는 주심의 시선에 정신을 차리고는 빠르게 배터 박스로 들어섰다.

그리고 동시에 민우의 눈앞으로 무언가가 빠르게 떠올랐다.

띠링!

[데드볼로 인해 '악바리' 특성의 효과가 발동됩니다.]

[직전 타석에서 위험도 '최상' 부위, 머리에 데드볼을 맞았습니다.]

[일시적으로 파워 +5, 정확 +5가 상승합니다.]

'헐!'

사실 안타를 때려낼 확률이 높아진다는 설명에 긴가민가했었던 민우였다.

그런데 타석에 들어섬과 동시에 눈앞에 떠오른 직접적인 수치에 민우의 눈이 휘둥그레졌다.

'어디에 맞느냐에 따라서 효과도 달라지는 거였어?'

'위험도'라는 것이 언급된 것을 보면 어떤 부위에 맞느냐에 따라 그 효과가 유동적으로 변하는 것 같았다.

그리고 머리 부위의 위험도가 최상이라는 것을 볼 때, 최대 상승치는 파워와 정확이 각각 +5가 상승하는 것이라는 사실을 추측할 수 있었다.

빠르게 상황 파악을 마친 민우가 눈앞의 창을 사라지게 만들고는 마운드를 바라보며 입꼬리를 씰룩거렸다.

'이 정도일 줄은 몰랐는데. 이건 진짜 대박이다. '신체 강화' 특성까지 있으니까… 이거 몸에 맞는 게 마냥 손해만은 아니겠는데. 후후후.'

마운드 위에서 민우를 바라보던 J. 산체스는 민우의 입꼬리가 씰룩거리는 것을 눈치채고는 표정이 급격히 굳어졌다.

'비웃어?'

J. 산체스는 종전까지만 하더라도 민우의 머리를 맞춘 일로 인해 일말의 미안한 감정이 남아 있었다.

하지만 타석에 들어선 민우가 자신을 바라보며 비웃는 듯한 표정을 짓는 모습에 그 마음이 싹 사라지는 것을 느꼈다.

'루키 녀석이 날 무시해?'

안 그래도 마음대로 되지 않는 제구에 매 이닝 안타를 맞으며 심기가 불편한 J. 산체스였다.

거기에 팀원들도 구로다의 구위에 눌려 전혀 맥을 추지 못하고 있었다.

분위기를 뒤집을 무언가가 필요하다고는 생각하고 있었다.

그런데 민우가 알아서 밑밥을 깔아주는 모습을 보였다.

2회 말, 경고의 의미로 버렐에게 보복구를 던진 뒤, 자신을 지그시 바라보던 구로다의 모습까지 떠올랐다.

그런 생각이 뇌리를 빠르게 스치고 지나가자 J. 산체스는 자기도 모르게 공을 쥔 손에 힘이 들어가고 있었다.

포지 역시 민우의 모습을 발견한 듯, 표정이 굳어지더니 곧장 J. 산체스와 시선을 마주쳤다.

포지 역시 J. 산체스와 같은 생각을 가지고 있는 듯했다.

곧, 포지의 사인을 받은 J. 산체스가 무서운 표정으로 고개를 끄덕였다.

그러고는 투수판을 밟은 채, 잠시 1루 주자를 바라보고는 빠른 키킹과 동시에 스트라이드를 내디디며 힘껏 팔을 휘둘렀다.

슈우욱!

그 손을 떠난 공은 가볍게 떠올라 민우의 등 뒤쪽에서 홈 플레이트 방향으로 빠르게 휘어지기 시작했다.

그리고 그 모습에 민우가 타이밍을 재며 스트라이드를 톡톡 내딛는 순간.

'어?'

생각보다 훨씬 깊어 보인다고 생각이 들자 민우가 곧장 배트를 뒤로 빼며 몸을 크게 비틀었다.

그리고 찰나의 순간이 지나고.

퍽!

"큭!"

등 뒤가 크게 따끔거림과 함께 민우의 몸이 크게 휘청거렸다.

숨이 턱 하고 막히는 느낌에 민우는 인상을 확 찌푸린 채, 타석에서 몇 걸음을 벗어나며 허리를 가볍게 숙였다 펴 보였다.

"엄살 피우지 말고 빨리 움직여라. 애송이."

순간, 민우는 귓가를 울리는 목소리에 자리에 멈춰 선 채 황당한 표정으로 J. 산체스를 바라봤다.

J. 산체스는 무서운 표정을 지은 채 민우를 노려보고 있었다.

'이 새끼가 두 번이나 맞춰놓고 적반하장이야?'

그 뻔뻔한 모습에 민우도 혈압이 오르기 시작했다.

첫 타석에서는 당황스럽기도 하고 특성 효과 때문에 얼떨떨한 상황이었기에 그러려니 하고 넘어갔었다.

하지만 이번 공은 투수의 표정을 볼 때, 명백하게 고의성이 다분한 느낌이었다.

만약 새로운 특성을 얻지 못했다면, 첫 공에 이미 뇌진탕으로 고생했을지도 모른다는 생각까지 들었다.

생각과 동시에 행동으로 옮겨졌다.

"맞췄으면 사과를 해야지!"

민우가 미간을 찌푸리며 마운드로 방향을 틀자, 곧장 주심이 민우의 앞을 막아서기 시작했다.

그리고 그 모습에 J. 산체스가 양팔을 벌린 채, 마치 덤비라는 듯한 제스처를 취하며 민우를 도발하기 시작했다.

"뭐? 불만 있으면 이리 와서 얘기해! 겁쟁아!"

그리고 그 모습에 다저스의 더그아웃에선 선수들이 기다렸다는 듯이 욕설을 내뱉으며 우르르 쏟아져 나왔다.

"야 이 새끼야!"

"너 이 자식! 일부러 그런 거지!"

"넌 오늘 뒈졌다!"

첫 빈볼사건 이후, J. 산체스를 아니꼽게 바라보던 기븐스를 필두로 이미 그에게 한 번 얻어맞았던 이디어와 대기 타석에서 준비를 하던 존슨이 곧장 J. 산체스에게 달려가기 시작했다.

그 모습에 자이언츠의 더그아웃에서도 동료를 보호하기 위해 선수들이 빠르게 쏟아져 나오기 시작했다.

그리고 홈 플레이트 근처에서 마주친 양 팀 선수들이 순식간에 엉켜들기 시작했다.

―아, 또 맞았어요. 이번에도 높은 코스로 날아오는 공이었습니다. 헬멧이 튕겨 나갈 정도로 강한 공이었거든요. 그런데 강민우 선수를 향해 J. 산체스 선수가 무어라 이야기를 했고, 강민우 선수도 참지 않고 곧장 응수하는 모습을 보였거든요. 그리고 그 모습에 다저스의 선수들이 격하게 흥분한 모습으로 더그아웃에서 튀어나오면서 벤치 클리어링이 만들어집니다.

—아, 이건 뭐 흥분하지 않을 수가 없죠. J. 산체스는 고의가 아니었다고 말하겠지만, 강민우 선수로서는 오늘 벌써 두 번이나, 그것도 두 번 다 상체로 향하는 아주 위협적인 공이었거든요. 조금만 높았다면 또다시 헤드샷이 나올 수도 있는 상황이었어요. 충분히 화가 날 만한 상황이라고 보입니다.

　—자이언츠의 선수들이 강민우 선수를 향해 손가락질을 하며 무어라고 하고 있는데요. 저희가 보지 못한 무슨 상황이 벌어졌던 것이 아닌가 싶습니다.

　다저스와 자이언츠의 선수들은 J. 산체스와 민우의 사이에서 뒤엉켜 흥분한 얼굴을 맞대며 멱살을 잡아당기고, 삿대질을 하고 있었다.

　"조심하라고!"

　"누굴 죽이려고 하는 거야?"

　"머리로 공을 던지는 건 미친 짓이라고!"

　"네놈 머리통이 깨져야 정신을 차릴 거냐!"

　뒤엉킨 채로 약간은 점잖은 말을 내뱉던 다저스의 선수들 사이로 일부의 입에서 거친 욕설이 쏟아져 나왔다.

　그리고 그 말에 일부 자이언츠 선수들도 무서운 표정을 지은 채 응수하기 시작했다.

　"이건 명백히 실투였어!"

　"모욕을 당하면 우리도 참지 않는다고!"

"머리통? 뼈마디가 박살 나기 싫으면 조용히 찌그러져 있어!"

일부 선수들은 서로의 욕설에 말리는 선수들을 뿌리치며 주먹이라도 날릴 기세를 보이고 있었다.

그렇게 서로 으르렁거리는 모습으로 뒤엉켜 있는 선수들 뒤쪽에서는 흥분한 J. 산체스가 민우를 향해 달려들려는 듯한 모습을 보였고, 자이언츠의 일부 선수들이 그를 막아서고 있었다.

민우 역시 그 적반하장의 모습에 더욱 흥분한 얼굴로 자신을 막아서는 블레이크와 매팅리 코치를 뚫고 가려고 몸부림을 치고 있었다.

"진정해, 민우. 흥분해서 좋을 게 없어. 이건 기 싸움이야. 흥분하면 지는 거라고."

민우는 자신을 온몸으로 막아선 채, 계속해서 말을 거는 블레이크의 모습에 가까스로 진정을 되찾고 있었다.

머리끝까지 차올랐던 흥분이 가라앉자 스스로의 모습에 속으로 꽤나 놀란 표정을 지어 보였다.

'내가 이 정도로 화를 낸 적이 있었나?'

스스로의 기억에도 아버지가 사고로 돌아가셨을 때를 제외하고는 없었다.

태어나서 누군가가 말려야 할 정도로 화가 난 모습을 보인 것은 그 이후 처음이었다.

민우가 서서히 마음을 가라앉히고 몸에 힘을 풀자, 블레이크가 그 어깨를 두드리며 고개를 끄덕였다.

"진정이 좀 돼?"

민우는 애써 J. 산체스 대신 1루를 바라보며 고개를 끄덕였다.

"예."

"그래. 저 녀석 머리통에 주먹을 휘갈기고 싶겠지만, 그건 좋은 선택이 아니야. 네가 잘못한 것이 아니어도, 네가 루키이기 때문에 훗날 건방진 녀석으로 낙인이 찍힐 수도 있으니까."

블레이크는 당장의 상황뿐 아니라 훗날의 일까지 생각해서 민우를 다독이고 있었다.

그리고 그 이야기에 냉정을 되찾은 민우 역시 이해했다는 듯이 고개를 끄덕여 보였다.

"일단 1루에 나가서 마음을 좀 진정시켜. 다음 타석에서 녀석에게 보란 듯이 큰 거 하나를 날려 버리면 그게 바로 최고의 복수다."

그 말과 함께 블레이크는 앞으로 주먹을 가볍게 내지르는 모습을 보였다.

그리고 그 어울리지 않는 모습에 민우가 가볍게 웃으며 고개를 끄덕거렸다.

"예, 알겠어요. 연타석 홈런은 끊겼지만, 다음 타석에선 보란 듯이 한 방을 날려 버리죠."

블레이크와 나란히 걸어가던 민우가 1루에 도착할 즈음, 엉켜있던 일부 선수들이 주변 선수들의 제지로 서서히 떨어져 나갔다.

—양 팀 선수들이 벤치 클리어링을 끝내고 천천히 더그아웃으로 돌아가는 모습입니다.

—오늘 J. 산체스 선수는 계속해서 제구가 좋지 않았는데요. 지금도 계속해서 던지던 코스이기도 했고, 브레이킹 볼이었기 때문에 고의성이 없다고 판단해서 퇴장까지 나오지는 않은 것 같네요.

—음, 사실 이런 빈볼도 경기의 일부분이고, 특히 라이벌 팀의 기 싸움이라는 게 또 이런 게 아니겠습니까. 자이언츠로서는 지구 라이벌 팀에게 스윕을 당하지 않기 위해, 분위기를 바꾸기 위한 시도가 아닌가 싶기도 합니다만, 진실은 당사자들만이 알고 있겠죠.

그라운드로 몰려 나왔던 선수들이 모두 더그아웃으로 돌아가자, 천천히 경기가 재개되었다.

1루 베이스를 디딘 민우는 마운드 위에서 로진백을 매만지는 J. 산체스를 지그시 바라봤다.

J. 산체스는 1루로 시선조차 주지 않은 채, 타석에 들어선 7번 존슨을 상대하고 있었다.

'후, 여기서 뭔가를 해주지 않으면 분위기가 넘어갈 텐데.'

벤치 클리어링으로 양 팀은 다시금 전의를 불태우고 있었다.

1사 1루 상황에서 벌어진 민우의 몸에 맞는 공으로 주자는 1, 2루로 바뀐 상황이었다.

안타 하나면 선취득점을 올릴 수 있는 상황이었기에, 존슨이 안타를 뽑아내는 것이 절실했다.

존슨은 앞선 타석에서 산체스에게 삼진을 당하며 무기력하게 물러났었다.

슈우욱!

팡!

"스트라이크!"

"볼!"

"스트라이크!"

우타자인 존슨의 바깥쪽으로 휘어지는 슬라이더는 존슨에게서 너무나도 멀어 보였다.

그 결과, 존슨은 순식간에 1볼 2스트라이크로 몰리며 불리한 볼카운트를 만들어가고 있었다.

'2루가 비어 있으면 뛰어라도 보겠지만……'

2루에는 선행 주자인 로니가 자리를 잡고 있었기에 도루는 시도할 수도 없는 상황이었다.

잠시 생각에 잠겨 있던 민우는 J. 산체스가 투수판을 밟는 모습에 다시금 리드 폭을 벌렸다.

힐끔 2루와 1루를 바라본 J. 산체스는 가볍게 숨을 내뱉고는 세트 포지션으로 빠르게 공을 뿌렸다.

슈우욱!

그 손을 떠난 공이 가볍게 떠오르며 다시금 존슨에게서 가장 먼 코스로 휘어져 들어가기 시작했다.

그리고 그 모습에 존슨이 스트라이드를 내디디며 곧장 배트를 내밀었다.

하지만 J. 산체스의 공은 존슨의 생각보다 훨씬 멀고, 낮게 떨어져 내리고 있었고, 존슨은 허리를 쭉 빼며 한 손을 가볍게 놓으며 그 공을 걷어냈다.

딱!

배트 끝에 부딪친 타구는 1루 라인을 타고 낮게 쏘아져 날아가기 시작했다.

그런데 그 코스가 너무나도 좋지 않았다.

팡!

타구가 바운드가 되기 직전, 몸을 낮게 숙인 1루수 허프가 제자리에서 존슨의 타구를 잡아내고는 곧장 1루 베이스를 밟으며 자동으로 더블 플레이가 만들어졌다.

순식간에 벌어진 일에 2루 방향으로 두어 걸음을 옮겼던 민우는 베이스로 다시 돌아오려는 시도조차 할 수 없었다.

"와아아아아아!!"

순식간에 벌어진 일에 AT&T 파크를 가득 채운 자이언츠의 팬들이 환호성을 내지르며 기쁨을 표했다.

—1사 1, 2루. 쳤습니다! 우측으로! 아! 1루수가 노바운드 캐치! 그리고 곧장 1루 베이스를 밟으며 순식간에 아웃 카운트 2개가 늘어나며 이닝이 마무리됩니다!

—존슨의 노련한 배트 컨트롤이 허프의 호수비에 꺾이고 말았네요. 다저스의 입장에선 정말 아쉬운 상황이 됐습니다. 1루 주자가 도저히 되돌아올 수 없는 상황이었습니다.

위기를 가볍게 탈출한 J. 산체스는 환한 미소를 지은 채 허프와 글러브를 맞대며 더그아웃으로 돌아가고 있었다.

잠시 허탈하게 서 있던 민우에게 1루 코치가 다가와 어깨를 두어 번 두드려 주었다.

"괜찮아. 네 잘못이 아니니까 신경 쓰지 마라."

민우 역시 자신이 어떻게 손 쓸 방법이 없었다는 것을 알고는 있었지만, 그렇다고 허탈한 마음이 없어지는 것은 아니었다.

곧, 글러브를 받아든 민우가 빠르게 수비 위치로 나아가며 4회 말, 자이언츠의 공격이 시작되었다.

슈우욱!

딱!

"아웃!"

슈우욱!

딱!

"아웃!"

J. 산체스와 달리 구로다는 여전히 완벽한 제구를 동반한 위력투를 보이며 자이언츠의 테이블 세터진을 가볍게 돌려세우며 2아웃을 잡아냈다.

그리고 타석에는 1루에서 호수비를 만들어냈던 허프가 들어서고 있었다.

허프는 무력시위라도 하듯, 타석 옆에서 배트를 크게 휘둘러 보이고는 천천히 배터 박스에 들어서고 있었다.

구로다는 개의치 않는다는 듯, 무표정한 얼굴로 빠르게 공을 뿌리기 시작했다.

슈우욱!

팡!

"스트라이크!"

초구는 바깥쪽 낮은 코스에 꽂히는 91마일짜리 포심 패스트볼이었다.

이후 2구째 싱커가 바깥으로 흘러나가며 볼, 3구는 구석으로 휘어져 들어가는 기습적인 커브볼로 스트라이크를 잡아냈다.

1볼 2스트라이크 상황.

허프는 기다리는 공이 있다는 듯, 앞선 3개의 공에 크게 배트를 내밀지 않는 모습이었다.

이후 4구와 5구, 6구를 모두 파울로 걷어낸 허프가 잠시 타석에서 물러나며 구로다의 흐름을 끊는 모습을 보였다.

직전 타자들과는 달리 처음으로 6구가 넘는 승부를 가져가는 허프의 모습에 자이언츠의 팬들은 기대에 찬 눈빛으로 목청껏 'Beat LA!'를 연호하고 있었다.

사방에서 들려오는 우렁찬 목소리에 민우는 애써 흐트러지려는 집중력을 다잡았다.

그리고 구로다가 7구를 뿌리는 순간.

타석의 허프가 다시금 강하게 스트라이드를 내디디며 배트를 내돌렸다.

따아악!

기존에 들려오던 소리와는 전혀 다른, 정갈한 타격음과 함께 민우의 시야에 정말 오랜만에 타구의 방향을 알리는 화살표와 라인이 생겨났다.

정확히 머리 위로, 센터 필드를 정확히 반으로 가르는 라인의 모습이었고, 민우는 이를 악문 채 펜스로 몸을 틀어 빠르게 달려가기 시작했다.

타다닷!

민우의 시야에 보이는 화살표와 라인의 색깔은 아주 짙은 회색을 보이고 있었다.

'이건… 100% 넘어가는 타구야.'

그라운드를 타고 들려오는 타격음에 타구가 넘어가는 것을 확신할 수 있었다.

하지만 그렇다고 포기할 수는 없었다.

만약 이 타구가 넘어간다면 분위기는 한순간에 다저스에서 자이언츠로 넘어가게 되니까.

타구는 총알 같은 속도로 어느새 외야를 가르고 날아오고 있었다.

민우는 온 힘을 다해 다리를 놀리며 타구에 뒤처지지 않으려 노력했다.

그리고 펜스가 코앞에 다다르자 곧장 펜스를 디디며 너무나도 멀어 보이는 타구 라인을 향해 힘껏 몸을 날렸다.

'닿아라!'

떠오르는 속도가 줄어드는 순간, 민우는 손이 조금이라도 더 뻗어지길 바라며 몸을 비틀며 손을 쭉 뻗었다.

그리고 회색빛을 보이던 타구의 라인에 글러브의 끝이 걸치는 순간.

라인의 색깔이 아주 진한 붉은색으로 바뀌었다.

툭.

그와 동시에 라인을 타고 날아온 타구가 글러브의 끝에 채이며 방향을 바꾸고는 가볍게 튀어 오르는 것이 보였다.

―중견수! 펜스를 딛고 몸을 날리는데요! 아! 펜스를 넘어갈 듯 보이던 타구를 걷어냅니다만, 공을 완벽히 잡지 못하면서 글러브 밖으로 튕겨 나갑니다!

"크윽."

근육이 가볍게 땅기는 느낌에 민우가 미간을 찌푸렸다.

아슬아슬하게 글러브 끝에 걸려 방향을 돌린 타구는 다행히도 여전히 펜스 안쪽의 허공에 머물러 있었다.

가볍게 하늘로 떠오르는 공과 반대로 민우의 몸은 중력을 거스르지 못하고 그라운드를 향해 하강을 시작했다.

쿠당.

미처 중심을 잡지 못해 엉덩방아를 찧으며 느껴지는 통증에 민우가 얼굴을 와락 찌푸렸다.

하지만 그럼에도 민우는 눈을 감지 않고, 타구에서 시선을 떼지 않았다.

미처 일어날 새도 없이, 민우는 타구를 잡아내기 위해 다시한 번 가슴 앞으로 글러브를 들어 보였다.

모두의 시선이 집중된 순간.

팍.

민우가 글러브를 가슴팍으로 끌어안았다.

글러브 속으로 느껴지는 묵직함에 민우의 입꼬리가 가볍게 말려 올라갔다.

이윽고 자리를 털고 일어난 민우가 내야 방향으로 천천히 달려 나가며 글러브 속에서 공을 꺼내 들어 보였다.

홈런이 아닌 플라이 아웃임을 모두에게 확인시켜 주는 제스처였다.

—강민우 선수가 끝까지 타구를 잡기 위해 글러브를 내밀었는데요. 어… 자리에서 일어난 강민우 선수가 글러브에서… 공을 꺼내 들었습니다! 아웃! 아웃입니다!

—와우~ 강민우 선수가 몸을 사리지 않는 허슬 플레이로 펜스를 넘어가는 홈런성 타구를 훔쳐냈습니다! 자이언츠의 득점 찬스는 강민우 선수의 손에 완벽하게 저지당하고 맙니다! 0의 균형은 깨지지 않습니다!

외야석에서 펜스에 가려 그 모습을 보지 못한 자이언츠의 팬들이었다.

조마조마한 시선으로 자리를 털고 일어선 민우의 뒷모습을 바라보던 이들은 곧 그 손에 들려나오는 공을 발견하고는 허탈한 표정을 짓고 말았다.

"말도 안 돼……."

"저걸 잡다니……."

자이언츠 팬들로서는 일어나서도 안 되고, 일어날 수도 없다고 생각한 일이 눈앞에서 벌어진 것이었다.

반면 다저스의 더그아웃에 남아 있던 선수들은 예상치 못한 장면에 크게 놀란 모습이었다.

두 눈이 동그래지고 양손을 번쩍 들어 보이는 등, 각자의 방식으로 놀라움을 표하고 있었다.

"대박!!"

"와하하하! 저 녀석은 미쳤어!!"

"도대체 몇 미터를 뛰어오른 거야?"

그리고 그 투지 넘치는 모습에 토리 감독도 짐짓 놀란 듯, 무표정한 얼굴에 가볍게 미소가 피어오르고 있었다.

'만약 켐프였다면… 아니지, 그 누구였다고 해도 저런 타구라면 진즉에 포기하고 넘어가는 것을 바라만 봤을 거야. 하지만 저 녀석은… 불가능해 보이는 것을 가능하게 만들었어.'

토리 감독은 천천히 시선을 돌려 자이언츠의 더그아웃을 바라봤다.

그들은 민우의 플레이에 압도된 듯, 그 팬들과 마찬가지로 허탈하고, 황당하다는 듯한 표정을 지은 채 민우를 바라보고 있었다.

'자칫 넘어갈 수 있었던 분위기를 잡은 것뿐만 아니라 자이언츠 녀석들의 기까지 꺾어버렸다. 저들의 뇌리에 한동안 저 모습이 떠오르겠지.'

다시금 시선을 돌린 토리 감독은 더그아웃으로 들어서 선수들과 하이파이브를 나누는 민우를 뚫어져라 바라봤다.

'솔직히 켐프를 제자리로 돌려놓는 계기만 되어도 좋다고 생각했었는데, 선발로 출전하자마자 이런 모습이라니. 생각을 바꿔야겠어. 어쩌면… 더 큰일을 낼지도 모를 녀석이야.'

토리는 민우의 너머에 앉아 있던 켐프의 굳어진 얼굴을 잠시 바라보고는 이내 고개를 돌렸다.

켐프는 애써 민우의 활약에 신경 쓰지 않는 척을 하고 있었다.

하지만 토리 감독의 시선에 담긴 의미마저 외면할 수는 없었다.

'내가 저런 녀석한테 밀린다고?'

토리 감독의 시선은 켐프에게 그런 의미로 전달되고 있었다.

켐프는 겨우 며칠 만에 일어난 일이 믿기지가 않았고, 스스로의 모습이 너무나도 한심하게 느껴지고 있었다.

안타도 겨우 때려내는 자신의 모습과 홈런을 때려내고, 호수비를 보이며 제 모습을 해내는 민우의 모습이 너무나도 대조가 되고 있었다.

'젠장……'

그런 그가 할 수 있는 것이라곤 주먹을 강하게 쥐고 있는 것뿐이었다.

*　　　　*　　　　*

5회 초 2아웃 상황.

다저스는 테이블 세터진이 연속 안타를 때려내며 다시 한 번 득점의 기회를 잡았다.

하지만 3번 타자인 이디어가 6구까지 가는 승부 끝에 유격수 땅볼로 물러나며 다저스의 타선은 풀릴 듯하면서도 풀리지 않고 득점의 문턱에서 좌절하는 모습을 계속해서 이어나갔다.

그리고 6회 초.

다저스의 타선을 꾸역꾸역 막아가던 J. 산체스가 무너질 조짐을 보이기 시작했다.

따아악!

따악!

4번 블레이크가 우중간 펜스를 강타하는 큼지막한 2루타를 뽑아냈고, 뒤이어 5번 로니가 중견수 앞에 떨어지는 안타를 때려내며 순식간에 노아웃 주자 1, 3루 상황이 만들어졌다.

다저스의 공격이 시작되자마자 J. 산체스가 연속 안타를 허용하며 흔들리는 모습에 AT&T 파크를 가득 메운 자이언츠의 팬들이 다시금 우려 섞인 표정을 드러내기 시작했다.

그에 자이언츠의 투수 코치와 포수인 포지가 흔들리는 J. 산체스를 다독이기 위해 마운드에 올라 대화를 나누고 있었다.

그 사이 어느새 타석에 도착한 민우는 잠시 배터 박스 옆에 멈춰 선 채, 굳은 표정으로 J. 산체스를 노려보기 시작했다.

머리에 한 방, 등에 한 방.

두 개의 몸에 맞는 공을 떠올리자 두려움보다는 분노가 치밀었다.

'후우. 저 싸가지 없는 뻔뻔한 놈. 이번에야말로 제대로 한 방 먹여주마.'

J. 산체스의 투구 수는 이미 90개를 넘어 100개를 향해 달려가고 있었다.

그만큼 힘이 빠진 상태였기에 구속은 경기 초반보다 2~3마일 정도 떨어진 상태였다.

제구력은 초반보다 나빠지면 나빠졌지, 좋아진 모습이 아니었다.

만약 강판을 당한다면 복수의 기회는 없어지는 것이겠지만, 마운드 위의 J. 산체스의 의지가 가득한 눈빛을 볼 때, 강판은 아닐 거라는 생각이 들었다.

'그래. 버텨라. 널 마운드에서 내려 보내는 건 투수 코치가 아니라 내가 될 테니까.'

민우는 배트를 쥔 손에 힘을 주고서는 J. 산체스에게 보란 듯이 큰 동작으로 휘둘러 보였다.

부웅!

부웅!

그리고 그 무력 시위에 J. 산체스의 미간이 가볍게 꿈틀거렸다.

자이언츠의 투수 코치는 J. 산체스를 내리기 위해 올라온 것이 아니었다는 듯, 결국 그 의지만을 확인하고는 J. 산체스의 등을 가볍게 두드려 주고는 마운드를 내려갔다.

포지가 그와 몇 마디를 더 나누고 내려오며 민우를 지그시 바라봤다.

그 모습에 민우도 배터 박스 옆에 선 채로 포지의 두 눈을 마주 바라봤다.

'또 맞추기라도 하겠다는 눈빛이네? 흥. 맞출 테면 맞춰보라지.'

잠깐의 기 싸움 뒤, 자신의 자리에 도착한 포지가 그 시선을 먼저 돌리고는 천천히 쭈그려 앉으며 준비를 마쳤다.

모습에 민우도 이내 시선을 돌려 천천히 배터 박스에 들어섰다.

띠링!

[데드볼로 인해 '악바리' 특성의 효과가 발동됩니다.]

[직전 타석에서 위험도 '중' 부위, 등에 데드볼을 맞았습니다.]

[일시적으로 파워 +3, 정확 +3이 상승합니다.]

[본 효과는 전전 타석의 효과(파워 +5, 정확 +5)와 중첩됩니다.]

그와 동시에 직전 타석에서처럼 눈앞으로 떠오르는 설명에 민우가 약간은 아쉬운 표정을 지어 보였다.

'역시… 머리가 제일 높구나. 등에 맞으니까 상승폭이 2씩 줄었네. 아… 어? 뭐야, 중첩?'

하지만 마지막에 붙어 있는 추가 설명에 이르자 민우의 눈이 놀라움에 큼지막하게 떠졌다.

'이건 예상치 못했는데… 그럼 파워랑 정확이 +8씩 상승하는 거야?'

분명 특성 설명에는 '다음 타석'이라는 제한 조건이 달려있었다.

하지만 눈앞에 떠오른 설명대로라면 타격을 하지 못한 상태에서는 그 효과가 중첩되어 효율이 배가되는 것이었다.

'이거 진짜 대박 특성이다. 중첩이라니… 받은 만큼 갚아준다는 표현이 딱 어울리는 특성인데? 후후후.'

너무나도 만족스러운 결과였다.

지금까지 몸에 맞은 두 개의 공이 헛된 것이 아니라는 생각에 민우의 입가에 야릇한 미소가 피어올랐다.

'이 녀석들에게 보란 듯이 제대로 날려 버릴 기회라 이 말이지.'

그리고 그 미소는 다시금 J. 산체스의 심기를 불편하게 만들었다.

'저 자식이 또 웃어?'

하지만 이번에도 빈볼을 던질 수는 없었다.

한 경기에서 한 투수가 한 타자를 3번 맞추는 일은 누가 봐도 고의라고밖에 할 수가 없었다.

만약 그런 일이 일어난다면 주심의 경고 수준에서는 끝나지 않을 것이 분명했다.

그렇기에 J. 산체스는 분노를 억누른 채, 투구에 모든 것을 집중했다.

'기필코 잡아낸다.'

그리고 매서운 J. 산체스의 눈빛에 민우도 자세를 다잡으며 두 눈을 빛냈다.

'기필코 홈런을 때려주마.'

모두가 준비를 마치자, 주심이 다시금 경기 재개를 알렸다.

포지의 사인에 J. 산체스가 빠르게 고개를 끄덕이고는 1루와 3루에 견제의 시선을 보냈다.

그리고는 곧장 세트 포지션으로 강하게 공을 뿌렸다.

슈우욱!

J. 산체스의 손에서 공이 떠오르는 순간, 민우는 그 궤적이 또렷이 보이고 있었다.

'바깥으로 흘러나가는 슬라이더.'

팡!

"볼!"

예상한 궤적대로 휘어져 나간 공이 포지의 미트에 빨려 들어갔고, 주심의 손은 미동조차 하지 않았다.

예측, 과정, 결과가 모두 민우의 판단과 맞아떨어졌다.

떨어진 J. 산체스의 구위에 급격히 상승된 민우의 능력치는 스스로의 생각보다 더 큰 효과를 보이고 있었다.

몸을 움찔거리지조차 않는 민우의 모습에 포지의 머리가 빠르게 돌아가기 시작했다.

'너무 밋밋했나. 조금 더 안쪽으로 넣어보자.'

포지의 사인에 J. 산체스가 다시금 고개를 끄덕이고는 빠른 속도로 공을 뿌렸다.

슈우욱!

J. 산체스의 손을 떠난 공은 빠른 속도로 스트라이크존의 바깥쪽 낮은 코스로 날아오기 시작했다.

'존 안쪽!'

그와 동시에, 민우가 두 눈을 빛내며 스트라이드를 강하게 내디뎠고, 뒤이어 민우의 체중을 실은 배트가 매섭게 돌아 나왔다.

서로 다른 방향에서 쏘아진 두 물체는 찰나의 순간, 홈 플레이트 위에서 강하게 맞부딪쳤다.

따아아악!

귓가를 울리는 짜릿하고 강렬한 타격음에 모두의 시선이 하늘 높이 떠올라 날아가고 있는 타구를 향했다.

생각보다 훨씬 멀리 뻗어나가는 타구에 민우도 타구에서 시선을 떼지 못한 채, 천천히 걸음을 옮기고 있었다.

　―2구! 좌중간을 가르며 쭉쭉 뻗어나가는 타구! 큽니다! 이 타구는 그대로 펜스를 넘어서~

　마치 총알처럼 쏘아진 타구는 좌익수의 머리 위를 가볍게 넘어간 뒤에야 서서히 떨어져 내리기 시작했다.
　그리고는 좌측 외야석을 훌쩍 넘어 그 뒤편에 자리한 대형 글러브를 강타했다.
　탕!
　도저히 믿기지 않는 장면에 모두의 시선이 경악으로 물들어 갔다.

　―오 마이 갓. AT&T 파크의 상징과도 같은 대형 글러브를 직격했습니다! 강민우 선수의 믿을 수 없는 스리런 홈런이 터졌습니다!
　―정말 믿을 수가 없네요. 저 위치가 정확히 501피트(152m)거든요. 너무나도 엄청난 비거리의 홈런이 나왔습니다! 또 하나 놀라운 사실은 AT&T 파크가 개장한 이래, 아직까지 저 글러브 조형물에 홈런을 날린 선수가 단 한명도 없었다는 건데요. 강민우 선수가 지금 이 홈런으로 AT&T 파크에서 최초의

역사를 만든 선수로 자신의 이름을 새겨 넣었습니다.

미친 홈런.

샌프란시스코의 팬들조차 피아를 잊고 감탄하게 만들 정도로 엄청난 홈런이었다.

다저스의 팬들은 이곳이 자이언츠의 홈구장인 AT&T 파크라는 사실도 잊어버릴 정도로 환한 얼굴로 만세를 부르짖고 있었다.

그리고 이 홈런에 흥분한 해설자가 또 하나의 사실을 시청자들에게 알려주고 있었다.

―이 홈런으로 강민우 선수는 9월 5일 현재, 정확히 6타석에 들어서 4타수 4홈런을 때려냈는데요. 아… 너무 이른 판단일지도 모르겠습니다만, 저는 방금 전의 초대형 홈런을 보고서 하나의 가능성을 떠올려 보았습니다. 바로 랄프 카이너의 61년 묵은 기록이죠. 1949년 9월에 기록한 내셔널리그 9월 월간 최다 홈런 기록인 16개의 기록을 강민우 선수라면 깨뜨리지 않을까 하는 생각을 말입니다.

해설자의 이야기에 TV로, 라디오로 중계방송을 보고 듣던 많은 야구팬은 각자의 생각에 빠져들었다.

다저스의 팬들은 해설자의 긍정적인 이야기에 그럴싸하다

는 듯, 만족스러운 미소를 지은 채 맥주를 크게 한 모금 들이
켜며 고개를 끄덕였다.

"지금 페이스만 쭉 이어간다면 문제없지!"

"4타수 4홈런이라는 것만 봐도 놀라운데, 초대형 홈런까지
보고 나니 불가능한 일은 아니라는 생각이 들어."

"토리 감독이 선발 출전만 꾸준히 시켜준다면 9월 월간 홈
런 기록이 문제야? 소사의 메이저리그 양대 리그 월간 최다
홈런인 20홈런 기록까지 깨뜨릴지 누가 알아?"

다저스의 한 팬은 랄프 카이너의 내셔널리그 9월 홈런 기
록을 넘어, 메이저리그 역사를 통틀어 전체 월간 기록인 새미
소사의 20홈런까지 넘보고 있었다.

사실, 메이저리그에는 한 시즌에 50홈런을 넘기는 타자가
있는가 하면, 시즌 내내 20홈런도 치지 못하는 타자들도 수두
룩했다.

그런 만큼 모든 타자에게 새미 소사가 시카고 컵스 시절인
1998년 6월에 기록한 월간 최다 홈런인 20홈런의 기록은 꿈
의 기록이자, 도저히 넘볼 수 없는 기록으로 받아들여지고 있
었다.

소사의 압도적인 기록 작성 이후, 그 기록에 가장 근접했던
타자는 바로 '홈런왕' 배리 본즈였다.

본즈는 샌프란시스코 자이언츠 소속으로 2001년 5월에 17개
의 홈런포를 쏘아 올리며 소사의 20홈런 기록에 가장 근접했

던 타자였다.

그래서일까.

자이언츠의 팬들은 해설자의 기록 발언에 팝콘을 집어던지고, 욕설을 내뱉으며 대체로 반감을 가지는 모습을 보이고 있었다.

"이건 무슨 말도 안 되는 소리야?"

"이제 갓 데뷔한 녀석이 그런 게 가능할 거라고 생각해? 이제 겨우 4개를 쳤을 뿐이라고!"

"본즈도 17개를 때려낸 것이 최고였는데, 뭐? 저 애송이가 랄프 카이너의 기록을 깬다고? 하! 웃기지 말라고 해!"

"저런 편협한 해설을 듣기 위해서 중계방송을 보는 게 아니라고!"

일부 분노한 팬들은 곧장 방송사에 전화를 걸어 항의를 표하는 모습까지 보였다.

해설자의 언급으로 인해 이날 경기에서 피아 구분 없이, 모두의 관심은 승리를 떠나, 민우가 다음 타석에서도 홈런을 때려내느냐에 꽂혔다.

* * *

7회 초, 다저스는 2번 테리엇의 안타에 이어 3번 이디어의 투런 홈런이 폭발하며 자이언츠의 추격을 5점 차로 멀찍이 따돌리며 여유 있게 경기를 이끌어갔다.

이후 자이언츠의 두 번째 구원 투수로 올라온 카시야에게 4, 5번 타자가 연속으로 아웃을 당하며 주자 없는 상황에서 다시금 민우의 타석이 돌아왔다.

민우가 타석을 향해 걸어가는 모습이 보이자, 무슨 심보인지 자이언츠의 팬들이 '우우'하는 야유를 보내기 시작했다.

그 모습이 마치 민우를 어떻게든 흔들어보려는 듯 보여 안쓰럽기까지 했다.

민우는 귓가를 울리는 자이언츠 팬들의 목소리에 약간은 당황스러운 기분이 들었다.

하지만 한편으론 전 타석에서의 홈런 한 방으로 자신의 존재감을 만천하에 알린 것이라고 생각하니 그리 나쁜 것만은 아니라는 생각도 들었다.

'그리고 켐프 녀석과의 경쟁에서도 한 걸음 더 나아갔다는 소리겠지.'

긍정적인 생각과 함께 고개를 털어낸 민우가 당당한 걸음걸이로 타석에 들어서며 마운드를 바라봤다.

'99마일이라. 빠르긴 하지만, 때려내지 못할 정돈 아니야.'

우완 투수인 카시야는 최고 구속 99마일의 묵직한 포심 패스트볼을 필두로 간간히 커브와 슬라이더를 섞어 던지는 투수였다.

패스트볼에 강점을 가지고 있는 민우로서는 그리 나쁘지

않은 상대였다.

배터 박스에 자리를 잡은 민우를 바라보는 포지의 눈빛엔 쓸쓸함이 담겨 있었다.

2개의 몸에 맞는 공에도 전혀 기가 죽지 않고, 오히려 AT&T 파크의 역사에 길이 남을 초대형 홈런까지 쏘아낸 민우였다.

하지만 쓸쓸함과는 별개로 그 투지는 불타고 있었다.

경기가 막판을 향해 달리는 지금, 이미 승기는 크게 기울었지만, 그렇다고 포기할 생각은 없었다.

끝날 때까지 끝난 게 아니라는 말이 있듯이, 9회 말 자이언츠의 마지막 공격이 끝날 때까지 희망의 끈을 놓을 생각은 없었다.

특히 민우에게 다시 한 번 홈런을, 아니, 안타라도 허용하는 것만큼 굴욕적인 일은 없다는 생각을 하고 있었다.

'두 번 당할 수는 없지. 녀석이 마지막으로 상대한 J. 산체스의 공에 비교할 때, 카시야의 패스트볼은 구속 차이가 상당히 크다. 타이밍을 잡기 전에 빠른 템포로 옥박지르면 잡을 수 있을 거야.'

포지는 그런 생각과 함께 다리 사이로 손을 넣고, 빠르게 사인을 보냈다.

그리고 사인을 받은 카시야는 굳은 표정으로 가볍게 고개를 끄덕였다.

곧, 와인드업 자세를 취한 카시야의 손에서 공이 뿌려지기 시작했다.

슈우욱!

팡!

"스트라이크!"

초구는 바깥쪽 낮은 코스에 꽂히는 99마일짜리 포심 패스트볼이었다.

그 매서운 구위에 민우가 살짝 놀란 눈으로 카시야를 바라봤다.

'뭐지? 이상하게 더 빠르게 느껴지는데.'

그리고 민우가 무언가 생각할 겨를도 없이, 다음 공이 빠르게 날아오기 시작했다.

슈우욱!

팡!

"스트라이크!"

2구는 바깥쪽 높은 코스로 아슬아슬하게 걸치는 패스트볼이었는데, 주심은 아주 잠깐의 움찔거림 뒤에 손을 들어 올리며 스트라이크를 선언했다.

볼카운트가 몰리자 민우는 한 발을 뒤로 빼고는 장갑을 풀었다 조이며 빠르게 머리를 굴렸다.

'빠른 공 두 개를 보여줬으니… 다음 공은 브레이킹 볼인가?'

연속해서 두 개의 패스트볼, 둘 다 바깥쪽을 노린 공이었다.

민우는 카시야의 구종이 포심 패스트볼, 슬라이더, 커브라는 것을 기억하고 있었다.

잠시 생각에 잠겼던 민우가 배터 박스에 자리를 잡았다.

그러자 그런 민우를 힐끔 바라 본 포지가 지금까지와는 다른 사인을 보냈고, 잠시 두 눈이 커졌던 카시야가 이내 알겠다는 듯 고개를 끄덕이고는 와인드업 자세를 취하며 빠르게 공을 뿌렸다.

슈우욱!

민우의 예상과는 달리, 자이언츠 배터리의 선택은 빠른 공이었다.

하지만 민우 역시 빠른 공을 대비하지 않고 있던 것은 아니었다.

몸 쪽으로 향하는 공에 민우가 스트라이드를 내디디며 배트를 돌리는 순간.

'어?'

카시야가 뿌린 공은 포심 패스트볼도, 커브도, 슬라이더도 아니었다.

포심 패스트볼과 엇비슷한 구속의 공은 전혀 예상하지 않았던 궤적으로 휘어나가기 시작했다.

동시에 민우는 이미 몸 쪽으로 방향을 잡고 출발한 배트의 궤적을 바꾸기 위해 무릎을 살짝 굽히며 몸에 붙이고 있던 팔꿈치를 떼며 손을 앞으로 빠르게 뻗었다.

하지만 카시야의 공은 생각보다 더 빠르고, 더 날카롭게 바깥쪽 아래로 휘어졌다.

딱!

'크윽.'

거친 타격음과 함께 양 손을 타고 빠르게 전해지는 통증에 민우의 미간이 팍 찌푸려졌다.

스위트 스폿에 맞지 않았을 때의 고통이었고, 정말 오래간만에 느끼는 배트의 울림이었다.

통증을 뒤로한 채, 민우는 곧장 배트를 내던지고 1루를 향해 튀어나갔다.

배트의 스위트 스폿에서 한참 벗어난 헤드 부위에 맞은 타구가 3루수의 정면으로 쏘아져 날아갔다.

타구가 쏘아짐과 동시에 3루수 산도발이 파울 라인을 향해 몸을 날리며 글러브를 뻗었다.

그리고.

좌아악!

팍!

"아웃!"

아쉽게도 민우의 타구는 노바운드로 곧장 산도발의 글러브 속으로 빨려 들어가고 말았다.

몇 걸음을 채 떼지 못하고 돌아서는 민우의 미간이 가볍게 찌푸려져 있었다.

'투심이었어.'

분명 몸 쪽으로 향하던 공이 급격히 방향을 틀어 바깥쪽으로 휘어져 나갔다.

투심이나 싱커가 아니면 보일 수 없는 궤적이었다.

그러자 민우의 뇌리에 하나의 사실이 떠올랐다.

'분명, 올 시즌에 2개의 투심 패스트볼을 던졌다고 했었지. 후, 단 2개라는 개수에 무심결에 방심을 한 결과가… 이거겠지.'

허무하게 아웃을 당하고 만 민우의 입가에 씁쓸한 미소가 피어올랐다.

이미 팀이 앞서고 있는 상황이었고, 득점권 찬스도 아니었다.

그럼에도 앞선 타석에서의 초대형 홈런의 여운이 남아 있었고, 토리 감독에게 확실히 눈도장을 찍겠다는 욕심에 섣부른 판단을 내리고 말았다.

그리고 결과는 3루수 직선타 아웃이었다.

물론 모든 공을 때려내겠다는 것은 욕심이었다.

하지만 포지의 노림수에 허무하게 당하고 말았다는 생각에 아쉬움이 남는 것은 어쩔 수 없었다.

민우는 곧, 글러브를 챙겨 들고는 빠르게 수비 위치로 달려

나갔다.

*   *   *

〈AT&T 파크의 대형 글러브, 다저스의 신예 강(KANG)에게 점령당하다. 500피트 넘는 초대형 홈런에 압도당한 자이언츠. 쓰디쓴 패배 맛봐.〉

'킹 캉' 강민우가 대형 사고를 쳤다. 2회와 4회, 두 번의 몸에 맞는 공으로 설욕을 다짐하던 강민우는 6회 초, 무사 1, 3루 상황에서 선발 J. 산체스의 2구를 받아쳐 AT&T 파크의 상징인 대형 글러브 조형물을 직격하는 초대형 홈런을……

〈해설자의 월간 최다 홈런 기록 발언을 두고 의견 분분, 다저스 팬들은 옹호, 자이언츠 팬들은 분노.〉

다저스와 자이언츠의 경기 해설을 진행하던 한 해설자가 내뱉은 발언이 네티즌들의 도마 위에 올랐다. 바로 강민우 선수의 홈런 뒤에 나온 발언이었는데……

경기가 끝난 뒤, 각종 매체들은 연이어 LA다저스와 샌프란시스코 자이언츠의 경기 결과에 관한 다양한 시선의 기사를 작성해 게시하기 시작했다.

그리고 그중 네티즌들의 관심을 한 몸에 받은 기사는 바로 민우가 만들어낸 초대형 홈런 기록이었다.

어느 나라, 어느 팀을 할 것 없이 최초라는 기록은 모두의 관심을 받는 위대한 일이었다.

특히 대형 콜라병 조형물과 대형 글러브 조형물은 AT&T 파크 하면 자연스레 떠올리는 상징과도 같은 조형물이라고 할 수 있었다.

그런데 홈팀인 자이언츠의 선수들도 아닌 원정 팀인 다저스의 선수가, 그것도 갓 데뷔한 루키가 AT&T 파크 개장 이래, 최초로 글러브 조형물을 때리는 홈런을 만들어냈다는 점은 야구팬들의 관심을 끌기에 모자람이 없었다.

─헐. 500피트? 미쳤네. 미쳤어.

─내가 그 글러브 조형물 앞자리에 앉아 있었는데 딱 소리가 들리는 순간에 설마 했거든? 잡을 수 있을 줄 알고 손을 들었는데… 그대로 머리 위로 넘어가더라. 장외 홈런인 줄 알았다니까.

─진짜 이 녀석은 싹수가 보인다. 해설자가 한 말이 헛소리가 아닐지도 몰라.

─그래도 월간 홈런 기록은 힘들지 않을까? 당장 다음 일정이 NL 서부 지구 1위인 샌디에이고 파드리스인데.

─에이. 자이언츠도 2위라는 걸 잊지 마. 그리고 샌디에이고 지금 10연패 중이야.

—그럼 더 어렵지. 1위 자리 사수하려면 기를 쓰고 이기려고 할 텐데.

—뭐가 어찌 됐든, 난 내일 당장 강민우가 쓰는 배트 사러 간다.

—니케 배트? 저거 꽤 비쌀 텐데.

—배트만 바꾼다고 되겠어?

야구팬들은 민우가 일으키는 돌풍에 대해 다양한 의견들을 피력하며 관심을 갖기 시작했고, 심지어 그가 사용하는 장구에 대해서까지 관심을 보이기 시작했다.

그리고 민우에 대한 사람들의 관심이 커지면 커질수록 입가에 함박웃음을 짓는 이가 있는가 하면, 바쁘게 움직이는 이들도 하나둘 나타나기 시작했다.

제4장

지구 1위를 넘어서

　지구 라이벌이자 영원한 앙숙인 자이언츠와의 3연전에서 승리하며 기분 좋은 스윕을 이루어내서 일까, 샌디에이고로 날아가는 다저스 전용기의 분위기는 너무나도 밝았다.

　선수들은 밝은 표정으로 웃고 떠들며 음악을 듣거나 포커 게임을 하며 여유롭게 휴식을 취하고 있었다.

　하지만 정작 마지막 경기를 승리로 장식하는 초대형 홈런이라는 사고를 친 민우는 조용한 모습으로 스카우팅 리포트를 살펴보고 있었다.

　민우가 들고 있는 스카우팅 리포트에는 샌디에이고의 투수들에 대한 다양한 정보가 담겨 있었다.

민우는 그중 1차전 선발 투수인 스타퍼의 구종을 살펴보고 있었다.

'선발로 나설지는 알 수 없지만, 나중을 위해서라고 생각하고 미리미리 살펴보는 것도 나쁘지 않겠지.'

민우가 출전하는 경기마다 홈런포를 쏘아 올리며 엄청난 활약을 하고 있다고 하더라도, 다저스의 주전 중견수가 켐프라는 사실엔 변함이 없었다.

지난 시즌까지 꾸준히 활약하며 검증이 된 켐프와 달리, 민우는 이제 갓 올라온 루키에 불과했다.

반짝 활약을 하다가도 언제 무너질지 모르는 것이 루키였다.

그렇기에 민우는 몇 경기를 활약했다고 하더라도 당장 주전 중견수 자리를 차지할 확률은 그리 높지 않다고 생각했다.

오히려 켐프의 부진이 겹쳐 선발로 뛸 수 있게 된 것만으로도 큰 행운이라고 생각하고 있었다.

'올 시즌은 지금처럼 로테이션으로 뛰는 것 정도가 한계일지도 모르지만……'

그래도 욕심은 났다.

대타 출전이라는 건 충분히 예열을 하지 못한 상태에서 갑자기 나서야 하는 것이었고, 타석에 들어설 기회도 단 한 번, 많아야 두 번 뿐이었기에 알게 모르게 애로 사항이 있었다.

하지만 대타 출전과는 달리, 선발 출전은 신체적으로나 정신적으로나 충분히 대비하고 예열을 하고 나서는 것이기에 부담이 없었다.

민우의 리듬도 선발 출전에 맞춰져 있었기에 더더욱 그러했다.

그렇기에 선수라면 누구나 선발 멤버를 꿈꾸는 것이기도 했다.

사실 이번 선발 출전도 전혀 예상치 못했던 일이었다.

게다가 다행히 컨디션도 너무나도 좋았다.

특성 효과로 예상치 못한 초대형 홈런까지 날리며 의도치 않았지만 스스로의 존재감도 강하게 어필했다.

'토리 감독님이 그렇게 환하게 웃어주셨으니……'

홈런을 날리고 더그아웃으로 돌아왔을 때, 토리 감독은 경기 중에는 잘 보이지 않던 미소를, 그것도 환한 미소를 보이며 민우를 칭찬해 주었다.

이어 코치진과 선수들까지 지금껏 보여줬던 반응 중 가장 격한 반응으로 민우를 맞이해 주었다.

아직도 등과 머리에 얼얼함이 남아 있는 듯한 느낌에 민우가 자기도 모르게 피식 웃어 보였다.

'마치 끝내기 홈런을 쳤을 때처럼 격한 반응이었지.'

홈런을 날렸던 타석을 떠올리자, 곧 마지막 타석에서 직선타로 물러났던 것이 자연스레 떠올랐다.

'그리고 일말의 부분이라도 놓친다면 홈런이 아니라, 마지막

타석에서처럼 허무한 결과가 나오겠지.'

다행히 팀이 이기고 있었고, 주자가 한 명도 없는 상황이었다.

그리고 전 타석에서 민우가 날린 초대형 홈런으로 인해 한 타석이 허무하게 날아간 것에 대해서도 그 누구도 무어라 하는 이가 없었다.

하지만 민우 스스로는 알고 있었다.

마지막 타석은 방심, 욕심, 그리고 섣부른 판단의 조합이 어떤 결과를 일으키는지를 깨닫는 중요한 계기였다.

'만약 팀이 지고 있던 만루 상황이었다면… 내 성급한 스윙이 결국 팀의 사기를 완전히 꺾어버렸겠지.'

어쩌면 운이 좋았다고 볼 수도 있었다.

경험이 부족한 민우가 아주 작은 대가를 치르고 깨달음을 얻을 수 있었으니까.

아무리 스카우팅 리포트를 들여다봤다고 해도 실전에서 겪지 못했다면 깨달을 수 없었을 사실이었다.

'매도 일찍 맞는 게 낫다고 했으니. 다행이라고 봐야겠지. 그러니 더더욱 같은 실수를 반복할 수는 없다.'

홈런과 범타는 한 끗 차이였다.

그 한 끗 차이가 민우의 다저스에서의 입지를 가르는 결과로 나타날 것이다.

켐프를 밀어내고 주전 중견수 자리를 차지하는 것이 하나의 목표이기도 한 민우였다.

그렇기에 몇 없는 기회에서 마지막 타석과 같은 실수를 반복해서는 더더욱 안 되는 것이었다.

그리고 해답은 스카우팅 리포트에 있었다.

'하나도 남김없이 빨아들여야겠지.'

구종은 겉으로 드러난 것일 뿐이었다.

투수의 버릇, 디셉션, 제구력, 커맨드, 심리적 요인 등 수많은 것이 민우에게 영향을 줄 것이다.

곧, 민우는 다시 스카우팅 리포트에 고개를 파묻고 그 내용을 천천히 살펴보기 시작했다.

*　　　　　*　　　　　*

샌디에이고는 LA에서 차로 한 시간 정도의 거리에 자리를 잡고 있었다.

그렇기에 LA에서 샌프란시스코로 가는 비행 시간과 큰 차이를 보이지 않았다.

구단 버스에 몸을 싣고, 아직 해가 완전히 지지 않은 거리를 10분여를 달리자 곧 숙소인 호텔에 도착했다.

1시간이 조금 넘는 짧은 비행이었지만 경기가 끝난 뒤, 곧장 비행기에 몸을 실은 선수들이었기에 그 피로감은 꽤나 쌓여 있는 상태였다.

승리의 기쁨을 만끽하는 것도 잠시, 편히 쉴 수 있는 호텔에 도착하자 선수들은 빠른 동작으로 제각기 자신들의 방으로 뿔뿔이 흩어졌다.

그리고 민우도 선수들과 가볍게 인사를 나누고는 자신에게 배정된 방을 찾아갔다.

털썩.

민우는 방에 들어서자마자 한 치의 고민도 없이 곧장 침대로 직행했다.

"아휴."

침대에 몸을 파묻은 민우가 기분 좋은 소리를 내며 눈을 감았다.

마이너리그의 딱딱한 침대와 달리, 호텔 침대의 푸근한 느낌은 언제 느껴도 좋은 기분이었다.

어쩌면 메이저리그에서의 첫 풀타임 선발 출전의 기쁨이 있었기에 더욱 그렇게 느껴지는지도 몰랐다.

가만히 눈을 감고 아늑한 기분을 만끽하던 민우를 방해한 것은 오랜만에 자신의 존재감을 알린 스마트폰의 진동이었다.

지잉—

'으음. 누구지?'

좀처럼 게으름을 피우지 않는 민우였지만, 이상하리만치 호텔 침대에서는 벗어나고 싶지가 않았다.

다행이라면, 곧장 침대로 직행한 덕에 스마트폰이 민우의 바로 옆에 놓여 있다는 점이었다.

나른한 몸을 틀어 스마트폰을 집어든 민우가 곧장 메시지를 확인했다.

―한나 퍼거슨: 강민우 선수. AT&T 파크의 역사에 한 줄을 남기게 된 걸 축하드려요. 지금쯤이면 숙소에 도착했을 것 같은데, 좋은 소식이 있으니 메시지 확인하시면 연락주세요.

메시지를 확인한 민우는 예상했던 인물의 연락이었기에 고개를 끄덕거리고는 그 내용에 고개를 갸웃거렸다.

'역사에 한 줄을 남겨? 뭐지?'

퍼거슨의 이야기에 민우가 빠르게 머리를 굴리기 시작했다.

민우가 오늘 경기에서 한 일이라곤 몸에 맞는 공 2개와 홈런 스틸, 그리고 세 번째 타석에서 때려낸 홈런이 전부였다.

그중 퍼거슨의 이야기에 가장 가까운 것은 홈런뿐이었다.

'뭐, 비거리가 길긴 했지. 다들 엄청난 비거리라고 놀랐었으니까.'

고개를 가볍게 끄덕인 민우는 좋은 소식에 대한 궁금증을 해결하기 위해 곧장 퍼거슨의 번호를 선택하고 통화 버튼을 눌렀다.

두어 번의 신호음이 간 뒤, 수화기 너머로 나긋나긋하면서도 이제는 익숙한 목소리가 들려왔다.

─강민우 선수. 바로 연락을 주셨군요.

"예, 방금 방에 왔거든요. 사실 조금 소름이 돋았어요. 침대에 눕자마자 연락이 왔거든요. 지금 제 모습이 보이시나요?"

민우는 그 말과 함께 사방으로 손을 흔들어 보였다.

민우의 능청스러운 반응에 수화기 너머로 피식 하는 웃음소리가 들려왔다.

─후훗. 그럴 리가요. 그나저나 뉴스는 보셨나요?

"뉴스요? 무슨 뉴스요?"

민우의 아무것도 모른다는 목소리에 퍼거슨이 그럴 줄 알았다는 듯 하나의 링크를 보내왔다.

지잉─

─제가 보낸 링크에 들어가 보시면 무슨 이야기인지 알 수 있을 거예요.

민우는 의문스러운 표정을 지은 채, 곧 퍼거슨이 보낸 메시지의 링크를 눌렀다.

그러고는 민우의 눈이 곧 크게 떠졌다.

'이건… 난데?'

스마트폰의 화면에는 민우가 스윙을 하는 사진이 걸려 있었고, 그 아래에 큼지막한 글씨로 '강(KANG), AT&T 파크의 역사를 쓰다. 510피트 초대형 홈런!'이라는 글자가 쓰여 있었다.

그리고 기사의 내용을 읽어 내려갈수록 민우의 표정이 놀라움으로 바뀌어갔다.

"그 글러브로 홈런을 날린 사람이… 제가 처음이라고요?"

민우의 살짝 떨리는 목소리에 퍼거슨이 차분한 목소리로 대답해 주었다.

—예. 맞아요. AT&T 파크의 개장 이래, 10년 동안 깨지지 않던 기록을 강민우 선수가 깨버린 거예요. 그리고 그 홈런으로 많은 이들이 강민우 선수의 존재를 새로이 알게 되었죠. 그리고…….

'새로운 기록이라니…….'

유구한 메이저리그에 역사에서 최초의 자리에 자신의 이름을 새겨 넣는 일은 그리 쉬운 일이 아니었다.

그런데 그중 한 명이 되었다는 사실에 민우의 표정이 빠르게 상기되었다.

퍼거슨의 잠시 뜸을 들이자 민우는 더 이야기 해보라는 듯 퍼거슨을 보챘다.

"그리고? 또 뭐가 있나요?"

—자이언츠 팬들은 이를 갈더군요. 최초의 기록을 빼앗겼다고 말이죠. 이제 AT&T 파크에 갈 때마다 몸을 좀 사려야 할지도 몰라요.

이어진 퍼거슨의 이야기에 민우의 상기된 표정은 급격히 어색하게 바뀌어갔다.

마지막 타석에서 자신에게 야유를 보내던 자이언츠의 수많은 팬이 떠올랐기 때문이었다.

'아하하… 그래서 그런 야유를 보낸 거였나……'

─뭐, 너무 걱정하지는 말아요. 자이언츠의 팬들이 할 수 있는 건 그런 야유를 보내는 것뿐이니까요. 그건 그렇고, 좋은 소식이 궁금하지 않아요?

퍼거슨의 물음에 그제야 생각이 났다는 듯 민우가 고개를 끄덕였다.

"아, 그러네요. 무슨 일인가요?"

─일단, 니케에서 몹시 기뻐하고 있어요. 오죽 기뻤는지, 저에게 강민우 선수의 초대형 홈런을 축하한다고 메시지를 보내 왔더라고요.

퍼거슨의 이야기에 민우는 조금 전 기사에서 보았던 자신의 사진을 떠올리고는 고개를 끄덕였다.

'온몸에 니케의 로고가 박혀 있으니, 그럴 만도 하겠네.'

하지만 좋은 소식이라고 하기에는 부족함이 있었다.

"그렇군요."

민우의 약간은 싱거운 반응에 퍼거슨이 그럴 줄 알았다는 듯, 다른 이야기를 꺼냈다.

─사실 본론은 따로 있어요. 한국에서 후원 계약을 제시해 온 회사가 두 곳 있거든요.

퍼거슨의 이야기에 민우의 눈이 다시 한 번 놀라움으로 크게 떠졌다.

"한국이요?"

—네, 삼정과 LC에서 강민우 선수를 후원하고 싶다고 접촉해 왔어요.

정말 빠른 움직임이었다.

이제 겨우 메이저리그에 데뷔해 3경기에 출전한 민우에게 한국을 대표하는 두 기업에서 관심을 갖은 것이 놀라울 따름이었다.

니케와의 후원 계약은 퍼거슨의 수완으로 만들어진 계약이었다면, 삼정과 LC의 컨택은 민우의 인지도가 그만큼 상승했다는 반증이기도 했다.

하지만 마냥 기쁜 것만은 아니었다.

'삼정은 좋지만… LC는 조금 거부감이 있는데…….'

자신을 신고 선수로 받아줘 프로야구 선수로 한 발자국 가까이 다가갈 수 있게 해준 팀이 LC였다. 하지만 자신을 아무런 이유 없이 쫓아낸 팀 역시 LC였다.

만약 길기태 감독이 없었다면 민우는 지금쯤 어느 나라의 독립 리그 같은 곳에서 뛰고 있을지도 몰랐다.

엄밀히 말하면 LC에 감사한 것이 아닌, 길기태 감독에게 감사한 마음을 가지고 있는 민우였다.

잠시 고민을 하던 민우가 천천히 입을 열었다.

"음… 삼정과 LC라……. 그들이 저에게 후원을 해서 이득을 볼 것이 있나요? 야구랑은 별로 관련이 없는 것 같은데."

민우는 삼정이건 LC건, 자신에게 후원을 하고 싶어 하는 이유가 궁금하긴 했다.

니케는 민우와 계약할 이유가 충분히 있었다.

니케는 세계적으로 유명한 스포츠 용품 브랜드이자 기업이었다.

민우를 후원하면서 스포츠 용품 시장에서 자신들의 입지를 더욱 단단히 다질 수 있으리라는 판단을 내렸기에 후원 계약을 맺은 것이었다.

그리고 이미 니케와 야구 용품뿐 아니라, 운동복과 운동화까지 사용하기로 계약을 맺은 상태였기에 삼정과 LC에서 민우와 후원 계약을 맺고 따로 이득을 볼 만한 것이 없다고 생각하고 있었다.

─쉽게 생각해요. 강민우 선수는 연예인이나 유명인들이 어떤 시계를 차고, 어떤 브랜드를 착용하는 지 관심을 가져본 적이 없나요?

퍼거슨의 물음에 민우가 당연하다는 듯이 대답했다.

"예, 없는데요."

"아……."

예상치 못한 민우의 대답에 퍼거슨의 말문이 막힌 듯, 수화기 너머에서는 잠시 동안 아무런 말도 들려오지 않았다.

그렇게 잠깐의 정적이 흐르고 나서야 퍼거슨이 목을 가다듬으며 다시금 말을 이어나가기 시작했다.

─흠흠. 뭐, 강민우 선수처럼 관심이 없는 사람들도 있지만, 많은 사람이 유명인들의 일거수일투족을 보고, 따라하고 싶어 하거든요. 한마디로 유명인들의 몸은 곧 걸어 다니는 광고판이라고 할 수 있는 거죠.

"무슨 이야기인지는 알겠어요."

퍼거슨의 추가적인 설명에 민우가 이해가 됐다는 듯, 가볍게 고개를 끄덕였다.

민우도 가끔 무언가를 찾기 위해 인터넷으로 검색을 하는 경우가 있었다.

그러다 보면 심심치 않게 유명인들의 이름과 상품이 조합된 검색어나 광고를 볼 수 있었다.

기업은 유명인에게 적게는 수천만 원에서, 많게는 수억 원의 투자를 하고, 그로 인해 투자 대비 수십, 수백 배의 홍보 효과를 보게 되는 것이다.

그렇기에 기업들이 유명인들의 후원 계약을 선점하기 위해 조금의 가능성이라도 보인다면 발 빠르게 움직이는 것이기도 했다.

'메이저리거만 봐도 박찬오 선수가 신은 신발이나, 추진수 선수가 착용한 팔찌가 뭐냐는 글들도 있었지.'

이처럼 유명인과의 후원 계약을 통해 자사 제품을 미디어에 노출시켜 주는 것만으로도 브랜드 인지도 상승에 큰 영향을 주었고, 그 사례는 조금만 돌아봐도 찾아볼 수 있었다.

물론 민우가 그만큼의 엄청난 인지도를 얻는 것은 아직 먼 미래의 일이기는 했다.

오히려 이런 상황에서 그 몸값이 더 비싸지기 전에 싹수가 보이는 민우를 잡으려고 하는 것이었다.

─유명인들이 어느 기업의 제품을 사용하면서 미디어에 노출되는 것만으로도 엄청난 홍보 효과가 있거든요. 그리고 그게 스포츠 용품처럼 특정한 용도의 상품이 아니라면 더더욱 말이죠.

"특정한 용도의 상품이 아니라면……?"

─삼정과 LC가 주력 상품으로 키우고 있는 걸 하나만 들더라도… 지금 강민우 선수도 사용하고 있는 스마트폰이 있죠?

퍼거슨의 물음에 민우가 잠시 자신의 손에 들린 스마트폰을 떠올리고는 고개를 끄덕였다.

민우는 크게 관심이 없었지만 2010년, 세계 휴대폰 시장에서 가장 핫한 상품이 바로 스마트폰이었다.

그리고 삼정과 LC가 세계시장을 차지하기 위해 기를 쓰고 개발을 추진하는 주력 상품 중 하나가 바로 스마트폰이라는 것 정도는 알고 있었다.

'공항에서도, 길거리에도 조금만 둘러보면 두 회사의 광고가 나올 정도니까.'

"예."

─만약 강민우 선수가 한국인 메이저리거로서 새로운 기록

을… 마침 오늘 하나 세웠죠.

퍼거슨의 이야기에 조금 전, 퍼거슨이 알려주었던 신문 기사를 떠올렸다.

민우에게 생각할 시간을 주듯, 잠시 숨을 고른 퍼거슨이 말을 이어나갔다.

─그 홈런 하나로 메이저리그뿐 아니라, 강민우 선수의 고국인 한국에서도 강민우 선수의 인지도는 크게 상승세를 탔어요. 모두의 관심이 강민우 선수가 다음에 세울 기록에 집중되어 있죠. 만약 강민우 선수가 계속해서 활약을 한다면 그 인지도도 같이 상승할 테고, 그만큼 미디어 노출 빈도가 높아지겠죠? 그럼 자연스레 강민우 선수가 사용하고 있는 제품들도 노출이 되고 사람들의 관심을 받게 될 거예요. 어쩌면, 강민우폰이라고 하나 생길지도 모르고요.

퍼거슨이 마지막에 내뱉은 말에 민우의 입가에 어색한 웃음이 피어났다.

"아하하……. 이상하네요. 왜 갑자기 온몸에 닭살이 돋는 걸까요?"민우의 민망하다는 듯한 목소리에 퍼거슨이 피식 웃으며 말을 이어갔다.

─후훗. 예를 들면 그렇다는 거예요. 아무튼 삼정과 LC는 스마트폰뿐만 아니라 사업 전반에 걸쳐 많은 부분에서 겹치는 부분이 많더군요. 그리고 니케와 아다디스처럼 경쟁 관계라고도 할 수 있기 때문에… 아무래도 두 회사 모두와 후원

계약을 맺는 것에는 무리가 있어요. 그런데 우연인지 바로 오늘, 두 기업이 동시에 컨택을 해왔거든요. 구체적인 협상은 만나서 자세한 이야기를 나눠봐야 하겠지만, 그전에 강민우 선수가 선호하는 기업이 있다면 그쪽으로 우선순위를 잡고 진행하려고 확인 차 연락을 드린 거예요.

모든 일을 진행하는 것은 에이전트의 역할이었지만, 결과적으로 방향을 잡고, 결정을 내리는 것에는 고객인 민우의 결정이 절대적이었다.

에이전트가 모든 일을 다 진행시켜 놓았는데 고객이 전혀 관심이 없다면 에이전트의 노력과 과정은 결국 시간 낭비일 뿐이었다.

그래서 LA다저스와의 계약 때도, 니케와의 계약 때도 계약을 진행하기 전, 민우에게 그 의사를 물어봤던 것이기도 했다.

그리고 지금도 마찬가지였다.

민우가 어느 방향을 선택하느냐에 따라 그 결과가 달라질 수 있었다.

퍼거슨의 물음에 민우는 잠시 고민에 빠졌다.

LC트윈스에서 방출을 당한 것도, 결국 결정을 내린 것은 LC그룹 수뇌부였을 것이다.

아무리 좋은 이유를 대더라도 LC를 떠올리면 곧 방출이라는 아픈 기억이 자연스럽게 떠올랐다.

확실한 건 아니었지만 구단 내부에서도 좋지 않은 소문까지 돌았었다.

그리고 스스로가 쫓겨나며 그 소문은 거의 사실처럼 받아들여지고 있었다.

처음 퍼거슨의 이야기를 꺼냈을 때의 놀라움이 가시자, 그 찝찝함은 더욱 커져 있었다.

다시금 좋지 않은 기억이 뇌리를 스쳐 지나가자 민우의 미간이 가볍게 찌푸려졌다.

'아무리 좋게 봐준다고 해도, LC가 삼정보다 나을 것이 없다. 그리고… 지금은 LC만 제안을 해온 것이 아니기도 하니까.'

만약 과거의 민우였다면 홀로 남은 어머니와의 생계를 위해서라도 자존심 따위는 굽히고 LC든 삼정이든, 고민 없이 후원 계약을 받아들였을 것이다.

하지만 지금은 달랐다.

메이저리그 계약을 시작으로 니케와의 계약으로 당장 생계를 걱정할 필요가 없어졌다.

메이저리거라는 꿈을 이뤘고, 많은 것은 아니지만 메이저리그의 연봉만으로도 쫓겨날 걱정 없이 편안한 마음으로 살만큼은 되었다.

그랬기에 이젠 과거처럼 최저 연봉도 되지 않는 금액에 계약을 맺거나, 상대방이 내미는 패를 그대로 받아들일 필요는 없었다.

과거엔 갑이 LC였다면, 지금은 민우 스스로가 갑이고 후원 계약을 제안하는 LC가 을이라고 할 수 있었다.

최종 결정권은 민우 바로 자신에게 있었다.

거기에 LC와 삼정이 마치 경쟁하듯 동시에 제안을 해왔다고 했다.

하나하나를 따져보아도 민우가 내릴 결론은 거의 정해져 있었다.

민우는 곧 의지가 담긴 얼굴로 천천히 입을 열었다.

"LC는 완전히 배제하죠. 삼정과 후원 계약을 맺는 방향으로 진행해 주세요."

민우의 단호한 결정에 퍼거슨이 이해한다는 듯 가볍게 고개를 끄덕였다.

민우의 에이전트였기에 민우가 과거 한국에서 어떤 길을 거쳐 미국으로 왔는지도 잘 알고 있는 퍼거슨이었다.

그렇기에 민우가 그런 결정을 내린 이유를 대략 추측할 수 있었고, 따로 그 이유를 묻거나 하지는 않았다.

에이전트는 이득을 위해 뛰는 존재였지만, 선수의 마음을 헤아릴 줄도 알아야 했다.

그리고 퍼거슨은 이득과 선수의 마음 사이를 적절히 오갈 줄 아는 에이전트였다.

퍼거슨의 머리가 벌써부터 빠르게 돌아가기 시작했다.

'경쟁자가 완전히 배제되었다는 사실을 알면 삼정이 꽤나

좋아하겠지만, 이것도 잘 이용하면 더 좋은 계약 조건을 이끌어 낼 수 있을지도 모르겠는걸.'

─네. 그럼 말씀하신 대로 LC와의 후원 계약은 아예 배제시키도록 할게요. 아무튼 강민우 선수는 지금껏 해왔던 것처럼, 앞으로도 지금 같은 모습만 보여주세요.

결론이 내려지자 민우도 얼굴에 다시금 옅은 미소를 지었다.

"지금 같은 모습이라니… 그건 정말 힘든 거 아시죠?"

민우가 능청스럽게 대답하자, 수화기 너머로 피식 웃는 소리가 들려왔다.

─그래도 노력해 주세요. 그리고 오늘의 LC와 삼정의 움직임은 시작에 불과할 거예요. 지금도 조용히 강민우 선수를 지켜보는 많은 기업이 있을 테고, 강민우 선수의 활약 여하에 따라 하나둘 움직임을 보일 테니까요.

퍼거슨이 그리는 미래를 잠시 상상한 민우가 곧 미소를 지은 채 고개를 끄덕였다.

"예, 사실 그런 이유가 없더라도 열심히 하겠지만 말이죠."

─훗. 바람직한 마음가짐이에요. 그리고… 가끔은 여유를 가지고 세상 돌아가는 이야기에도 관심을 가져보세요. 오늘처럼 본인에 대한 어떤 뉴스가 나왔는지도 모르는 건 조금 그렇잖아요?

퍼거슨의 웃음기 섞인 목소리에 민우가 잠시 생각에 잠겼다.

민우의 하루 일과는 수면―운동―식사―운동―수면이나 마찬가지였다.

문명의 이기인 스마트폰을 가지고도 기껏 코코아톡이나 하는 정도였으니, 정말 재미없게 살고 있는 것이기도 했다.

주변 선수들이 드라마 이야기를 하고, 무슨 사건이 터졌네 하는 이야기를 하나도 알아듣지 못했기에 가끔 이상한 눈빛을 받기도 할 정도였다.

'이아름 기자도 비슷한 뉘앙스로 이야기를 했었지?'

잠시 마이너리그에서의 기억을 떠올렸던 민우가 천천히 고개를 끄덕였다.

"예, 앞으로는 제 이름 정도는 열심히 검색해 보도록 할게요."

민우의 대답에 그 정도면 됐다는 듯, 퍼거슨이 작별을 고했다.

―후훗. 좋네요. 그럼, 결과가 나오는 대로 다시 연락을 드릴게요.

"예, 기다리죠."

잠시 뒤, 퍼거슨과의 통화가 마무리되자 귀에 대고 있던 스마트폰을 잠시 눈앞으로 들어 보인 민우가 피식 웃어 보였다.

'강민우 폰이라니… 상상만 해도 부끄러워지는데.'

민우는 팔다리에 닭살이 일어나는 느낌에 빠르게 피부를 쓸어내고는 침대에 몸을 파묻었다.

그리고 그 표정은 어느새 진지하게 변해 있었다.

'강민우 폰이든, 팔찌든… 나중의 일이다. 당장 내가 신경 써야 할 건 내일부터 치러질 샌디에이고와의 경기야.'

이제 갓 메이저리그로 올라온 민우였다.

샌디에이고의 선수들에 대해 아는 것이라곤 전력 분석원이 전해준 분석 자료와 퍼거슨이 추가로 전달해 준 자료뿐이었다.

그렇기에 다른 선수들보다 더 많은 시간을 투자해야 상대 전력을 제대로 파악하고 대응할 수 있었다.

잠시 시계를 바라본 민우는 잠자리에 들기에는 꽤나 남은 시간을 확인하고는, 다시금 샌디에이고의 자료들을 면밀히 살피기 시작했다.

*　　　*　　　*

샌디에이고는 캘리포니아주 남서쪽, 가장 아래쪽에 위치한 휴양도시로 비가 잘 내리지 않고 겨울에도 따스한 햇살이 내리쬐는, 한마디로 살기 좋은 도시라고 할 수 있었다.

그리고 도시 한 가운데에 샌디에이고 파드리스의 홈구장인 펫코 파크가 자리를 잡고 있었다.

펫코 파크는 2004년에 개장한, 메이저리그에서는 비교적 젊은 구장이었다.

이런 펫코 파크는 투수 친화 구장이라는 별명을 가지고 있었는데, 그 이유는 두 가지를 들 수 있었다.

첫 번째는 샌디에이고 만과 가까운 지리적 특징이었다. 펫코 파크에서는 해발 0미터의 해수면에 자리를 잡은 데 더해, 공기가 바닷가의 습기를 가득 머금고 있었다.

자연스레 그 영향으로 타구의 비거리가 짧아져 다른 구장에서는 홈런이나 장타가 되었을 타구가 번번이 외야수에게 잡히는 모습을 볼 수 있었다.

두 번째는 외야 펜스까지의 거리가 상당히 멀고 펜스의 높이도 상당하다는 것이었다. 첫 번째 이유와의 연장선상으로 크게 뻗지 못하는 타구에 더해 이런 구장 상황까지 더해져 타자에게는 상당히 불리한 환경을 가지고 있었다.

그렇지 않아도 타선이 붕괴되다시피 한 LA다저스에게는 승리를 따내기에 상당히 좋지 않은 환경이라고 할 수 있었다.

LA다저스와의 원정 1차전이 열리는 오늘도 샌디에이고는 휴양도시라는 별명에 걸맞게 그 날씨가 화창하기 그지없었다.

따스한 햇살 아래에서 선수들은 코치의 지시에 따라 삼삼오오 모여서 경기 전 훈련에 임하고 있었다.

그리고 민우가 속한 타자 조는 홈 플레이트 근처에 세워진 배팅케이지에 모여 타격 훈련이 한창 진행 중이었다.

따악!

따악!

타격 연습이 한창 진행 중이었기에 배팅케이지 안에서는 규칙적으로 타격음이 터져 나오고 있었다.

그리고 배팅케이지에서 몇 걸음 떨어진 곳에 모여 있던 선수들은 자신의 차례를 기다리며 두런두런 대화를 나누고 있었다.

"경기하기 딱 좋은 날씨네. 아주 좋아."

다리 사이에 배트를 걸쳐놓은 채 하늘을 바라보던 존슨의 이야기에 포세드닉이 가볍게 고개를 저었다.

"날씨만 좋으면 뭐해, 딱 그것뿐이잖아. 웬만한 펀치력이 아닌 이상, 여기서 홈런을 때려내는 건 힘들다고."

포세드닉의 이야기에 주변에 모여 그의 이야기를 듣고 있던 선수들이 동의한다는 듯 힘없이 고개를 끄덕였다.

지난 시즌, 펫코 파크의 홈런 파크 팩터는 메이저리그 최하위를 기록했었고, 올 시즌도 기준치인 100에 한참 미치지 못하는 85를 기록하고 있었다.

원정 경기를 치루기 위해 펫코 파크를 찾는 타자들은 그만큼 손해를 볼 수밖에 없었다.

그런데 아이러니하게도 이런 점은 펫코 파크를 홈구장으로 사용하는 파드리스라고 다를 것은 없었다.

올 시즌, 현재까지 파드리스에서 두 자릿수 홈런을 때려낸 타자는 총 5명이 있었지만 15개를 넘는 홈런을 때려낸 선수는

4번 타자인 애드리언 곤잘레스뿐이었고, 그마저도 27개를 때려내는데 그치고 있었다.

화창한 햇살을 만끽하고 있던 존슨은 산통을 깨는 포세드닉의 이야기에 혀를 차면서도 냉정하게 고개를 끄덕이고 있었다.

"그건 그렇지. 에휴, 켐프가 좀 살아나야 할 텐데 저 모양이니, 우리 타선은 누가 이끌어줄지, 원."

포세드닉의 말에 배팅케이지 주변에 모여 있던 선수들의 시선이 일제히 배팅케이지 안쪽을 향했다.

배팅케이지 안쪽에서는 켐프가 비지땀을 흘리며 배트를 휘두르고 있었고, 그 배트가 휘둘러질 때마다 타구가 이리저리 쏘아져 날아가고 있었다.

하지만 그 타구의 질은 여전히 나아진 점이 보이지 않고 있었다.

그렇기에 켐프가 배트를 휘두르는 모습을 보는 선수들의 표정은 그리 밝아 보이지 않았다.

존슨의 말마따나 다저스로서는 중심타자인 켐프의 부진을 시작으로 시즌 내내 타선이 부상과 부진이 겹치며 엉망진창인 상태였다. 이런 상황으로 인해 펫코 파크를 홈으로 이용하는 파드리스보다 상황이 더 좋지 않다고 할 수 있었다.

포세드닉의 바로 옆에서 배팅케이지를 바라보고 있던 기븐스는 그런 선수들의 반응에 피식 웃어 보였다.

그러고는 바로 옆에 서 있던 민우의 어깨에 손을 척 올리고는 미소를 지어 보였다.

'응?'

갑작스레 어깨 위로 올라온 손에 민우가 무어라 반응을 보이기도 전에, 기븐스의 입이 빠르게 움직였다.

"뭐, 어때? 우리한테는 여기, 슈퍼 파워를 가진 민우가 있잖아. AT&T 파크에서 500피트짜리 홈런도 때려냈는데, 여기서도 대충 쳐도 넘어갈걸? 그치?"

기븐스는 민우를 한껏 치켜세우고는 '우쭈쭈' 하는 표정으로 민우를 바라보며 씨익 웃어 보였다.

그리고 그런 기븐스의 모습에 잠시 어제의 홈런을 떠올린 선수들이 피식거리고는 민우를 바라보며 한마디씩 내뱉기 시작했다.

"하긴. 어제 그런 홈런은 아무나 때려낼 수 있는 게 아니니까."

"맞아. 엄청나긴 했지."

"뭐, 루키한테 이런 말을 해도 되나 싶지만, 기왕 시작한 거 시즌 끝날 때까지 펜스 밖으로 몇 개만 더 날려줘라. 응?"

천천히 민우에게 다가온 존슨이 그 어깨를 토닥거리며 하는 말에 주변 선수들이 피식거리며 고개를 저었다.

민우는 존슨의 능글맞은 눈빛에 가볍게 웃어 보일 뿐이었다.

무어라 대답을 해야 할지 잠시 고민하던 민우는 곧 가장 무난하고도 정석적인 대답을 뱉었다.

"출전 기회가 온다면 최선을 다해보겠습니다."

그 대답에 존슨이 피식거리며 민우의 어깨를 강하게 두드렸다.

"너 이렇게 재미없는 놈이었냐. 이럴 땐 그냥 뻥뻥 때려내겠다고 해도 되는 거야. 동양에선 겸손이 미덕이라더니, 구로다도 그렇고 너도 그렇고, 참 재미가 없네. 없어."

그런 존슨의 반응에 옆에 있던 기브스도 피식 웃어 보이고 말았다.

잠시 뒤, 켐프가 배팅케이지를 빠져나오자 다음 차례인 민우가 그들의 사이를 빠져나와 배팅케이지로 향했고 잠시 끊겼던 타격음이 다시금 울려 퍼지기 시작했다.

"그나저나 어제 그런 홈런을 때렸는데도 선발 제외라니. 루키에다 주전 선수도 아니니 당연한 거겠지만, 저 녀석도 힘이 좀 빠지겠네."

기브스의 이야기에 민우를 대신해 그 옆으로 선 존슨이 어깨를 으쓱해 보였다.

"뭐, 감독님도 다 생각이 있어서 그러시는 거겠지. 우리는 그저 따르기만 하면 되는 거고. 안 그래?"

"뭐, 그건 그렇지만. 저 녀석이 개인적으로 마음에 들기도 하지만, 결국 우리 팀을 위해서라면 실력과 의지가 있는 녀석에게 기회를 조금 더 많이 줬으면 좋겠다 싶을 뿐이야."

"흐음."

곧, 둘의 시선은 배팅케이지에서 큼지막한 타구를 뻥뻥 날려 보내는 민우에게로 향해 움직이지 않았다.

＊　　　＊　　　＊

경기 시작 전, 파드리스의 공식 마스코트인 스윙잉 프라이어(Swinging Friar)가 파울라인을 따라 이리저리 돌아다니면서 열심히 춤을 춰 보이며 관중들을 기쁘게 하고 있었다.

더그아웃에서 그 모습을 바라보던 민우가 씁쓸한 미소를 지어 보였다.

'한국의 하나 이글스가 생각나는걸. 올 시즌도 꼴찌라고 했지.'

하나 이글스는 지난 시즌에 이어 올 시즌도 8팀 중 8위의 자리를 고수하고 있었고, 혹자는 팀의 주축 선수들이 하나둘 떠나면서 하나 이글스의 암흑기가 시작됐다고 하고 있었다.

하지만 그 팬들만큼은 팀에 애정을 담은 채 한결같은 응원을 아끼지 않고 있었다.

민우가 파드리스의 마스코트를 보는 순간 그런 기억이 떠오른 이유는 바로 지금 파드리스의 상황과 비슷하기 때문이었다.

"마스코트는 저렇게 열심히 하는데, 파드리스는 10연패라니. 안쓰럽네요."

민우가 조용히 내뱉는 말에 바로 옆에 붙어 있던 존슨이 무슨 황당한 소리냐는 듯, 민우를 바라봤다.

"너, 인마. 무슨 생각을 하는 거야? 파드리스는 우리가 겪어야 할 상대이자 라이벌 팀이라고. 파드리스 녀석들이 10연패를 당했다는 건 그만큼 컨디션이 엉망이라는 소리니까 우리에겐 오히려 희소식이지."

존슨의 반응에 민우가 옅게 웃으며 고개를 저어 보였다.

"아. 오해하지 마세요. 제가 안쓰러운 건 저 마스코트 안에서 땀 흘리고 있을 사람이랑 그걸 보고 즐거워하는 팬들이니까요. 지구 우승을 눈앞에 둔 팀이 그 문턱에서 주저앉으려고 하니 그 팬들은 얼마나 안타깝겠어요?"

민우의 이야기에 잠시 그 모습을 바라본 존슨이 미적지근한 표정으로 고개를 끄덕였다.

"음. 뭐, 그거야 그렇긴 하지. 우리 다저스만큼 파드리스 역시 우승에 대한 갈망이 클 테니까."

샌디에이고 파드리스는 1969년 창단한 이래 1978년 처음으로 5할 승률을 넘었을 정도로 대표적인 약팀이었다.

하지만 1984년과 1998년, 두 차례 내셔널리그 디비전 시리즈에서 승리를 차지하며 한 방이 있는 모습을 보이기도 했었다. 그들에게 부족한 것은 단 한 번도 월드 시리즈에서 우승을 한 역사가 없다는 점이었다.

거기에다 마지막 월드 시리즈 진출 이후, 2006년 디비전 시리즈에서 세인트루이스 카디널스에게 1승 3패로 시리즈를 넘겨준 것을 마지막으로 더 이상 가을 야구를 하지 못하고 있었고, 이후 계속해서 내셔널리그 서부 지구 중하위권을 전전하는 팀이기도 했다.

하지만 올 시즌은 시즌 초부터 내셔널리그 서부 지구 1위자리를 굳건히 지키는 의외의 모습을 보이고 있었기에 그 팬들은 다시금 디비전 시리즈를, 나아가 월드 시리즈 우승까지 꿈꾸고 있었다.

하지만 8월 말부터 시작된 연패를 끊지 못하며 자이언츠에 단 3경기 차로 쫓기고 있는 상황이었다.

만약 다저스가 자이언츠에 스윕을 하지 않았더라면 파드리스는 2위로 주저앉았을지도 모를 일이었다.

잠시 민우의 이야기에 생각에 잠겼던 존슨이 퍼뜩 정신을 차리고는 민우의 어깨를 가볍게 두드렸다.

"아무튼 우리 코가 석 자다. 저 녀석들을 넘어가야 와일드 카드에 그나마 희망이 생기니까. 그리고 네가 진짜로 걱정해야 할 건 파드리스의 팬이 아니라 우릴 응원해 주는 다저스의 팬들이라는 걸 잊지 말라고."

"예, 걱정 마세요. 그냥 잠시 한국의 어느 팀이 떠올라서요."

"그래. 그렇다면 됐다만, 네 걱정이 헛된 거라는 건 경기가 시작되면 바로 알 수 있을 거다."

존슨은 의미심장한 말을 건네고는 곧 민우에게서 멀어져 갔다.

잠시 그 뒷모습을 바라보던 민우가 그라운드를 바라보며 피식 웃어 보였다.

'그나저나, 내가 여유가 생기긴 했나 보네. 파드리스를 보고 하나 이글스를 떠올릴 정도라니……. 그러고 보니 LC트윈스는 아직도 1위라고 했지?'

잠시 한국 프로 야구의 순위를 떠올리던 민우가 양 뺨을 두드리며 잡생각을 떨쳐냈다.

*　　　*　　　*

국가 제창이 끝나고, 양 팀 선수들은 빠르게 각자의 자리에 자리를 잡기 시작했다.

그러자 사방의 관중석에서 일순 단합된 목소리가 터져 나오기 시작했다.

"Beat LA! Beat LA!"

"Beat LA! Beat LA!"

그들의 모습은 자이언츠의 홈인 AT&T 파크에서 겪었던 것만큼의 압도적인 모습은 아니었다.

하지만 승리를 염원하는 마음만큼은 그 목소리에 가득 담겨 민우의 귓가를 울리고 있었다.

그리고 그 모습에 민우는 자신의 걱정이 기우였음을 깨닫고 있었다.

'아하하. 내가 쓸데없는 생각을 한 거구나.'

민우는 곧 어색한 미소를 지은 채 존슨을 쳐다봤고, 존슨은 그런 민우의 눈빛에 이제 알았냐는 듯한 표정으로 피식 웃어 보였다.

─파드리스와 다저스, 다저스와 파드리스의 시리즈 1차전 경기가 열리는 이곳은 샌디에이고 파드리스의 홈구장, 펫코파크입니다. 안녕하십니까.

─네, 안녕하십니까.

─최근 경기에서 다저스와 파드리스는 상당히 대조적인 모습을 보이고 있는데요. 다저스는 지구 2위인 자이언츠를 스윕하며 3연승을 달리며 상승세를 탄 반면, 지구 1위인 파드리스는 충격의 10연패를 기록하며 시즌 초반부터 지켜온 1위 자리를 내줄 위기에 처해 있습니다. 이 상황을 어떻게 보십니까?

─음. 사실 이런 경우는 정말 흔치 않은데요. 메이저리그의 역사에서 시즌 후반, 지구 1위를 달리던 팀이 9연패를 당한 사례를 찾더라도 지금으로부터 15년 전이 가장 최근이라고 할 수 있습니다. 바로 지금의 LA에인절스가 그 주인공인데요. 캘리포니아 에인절스 시절인 1995년, 우연인지도 모르겠지

만 지금의 파드리스와 시기도 비슷합니다. 8월 25일부터 9월 3일까지 9연패를 당하는 기록을 세웠었거든요.

─그래서 어떻게 됐죠?

─예. 결국 10연 패를 당하기 전까지 2위와 11경기의 넉넉한 격차를 두고 앞서나가던 에인절스는 결국 시애틀 매리너스와의 타이브레이커에서 패배하며 플레이오프 진출에 실패하고 말았습니다.

─그렇군요. 지금 파드리스도 10연패를 기록하면서 2위 자이언츠와의 격차가 3경기 차로 좁혀졌는데요. 그나마 위안이라면 같은 기간 동안 자이언츠가 3승밖에 거두지 못했다는 점입니다. 그리고 불행이라면 자이언츠를 스윕한 다저스가 이번에는 파드리스를 상대하기 위해 이곳 펫코 파크로 날아왔다는 점이겠네요.

─그렇군요. 이제 양 팀의 라인업을…….

"플레이볼!"

주심의 경기 개시 신호와 함께 다저스의 파드리스 원정 1차전이 시작되었다.

파드리스의 선발 투수인 스타퍼와 다저스의 선발 투수인 파디아는 3회 초까지 각자 단 한 개씩의 안타만을 허용하며 호투를 보이고 있었다.

하지만 3회 말, 홈팀인 파드리스가 다저스를 상대로 포문을 먼저 열었다.

따아악!

그라운드를 강타하는 짜릿한 타격음에 펫코 파크를 가득 채운 관중들의 함성 소리가 터져 나왔다.

3회 말, 파드리스의 선두 타자로 나선 8번 헌들리가 파디야의 초구 포심 패스트볼을 통타해 펫코 파크를 반으로 가르는 큼지막한 솔로 홈런을 때려낸 것이다.

그리고 그 모습에 더그아웃에 남아 있던 선수들은 일순 망연자실한 표정을 지어보였다.

"여기 홈런 안 터지는 구장 맞지?"

기븐스의 물음에 민우가 가볍게 고개를 끄덕여 보였다.

"네, 뭐. 파크 팩터에 의하면 그렇죠."

"저 녀석, 지난 시즌에도 8개밖에 못 때린 놈이 왜 하필 오늘 경기에서 터지는 거야. 인마, 다 너 때문이야."

민우의 이야기를 들은 존슨이 돌연 민우를 향해 장난스럽게 해코지를 해 보였다.

그리고 그 모습에 민우는 과장되게 놀란 표정을 지으며 고개를 푹 숙여 보였다.

"아이고오, 제가 잘못했습니다. 다신 안 그럴게요."

"그래, 인마. 알면 됐다."

잠시 서로를 바라보던 존슨과 민우는 동시에 피식거리고는 다시 그라운드로 시선을 돌렸다.

'뭐야? 얘네.'

존슨과 민우 사이에서 일어난 일을 알지 못하는 기븐스는 그저 둘을 이상한 눈초리로 바라볼 뿐이었다.

파드리스가 달아나자 다저스도 가만히 있지 않았다.

4회 초, 로니의 2루타 이후, 이디어가 중견수 앞에 떨어지는 1타점 적시타를 때려내며 동점을 만들어냈다.

하지만 그런 기쁨도 잠시였다.

4회 말, 파디야의 제구가 흔들리며 연속 안타와 볼넷, 그리고 다시 연속 안타를 허용하며 순식간에 2점을 내주고 말았다.

이후 7회 초, 리드오프로 나선 포세드닉이 솔로 홈런을 때려내며 1점을 만회했지만, 7회 말 파드리스의 2번 엑스타인이 큼지막한 희생플라이를 때려내며 점수 차를 벌렸다.

이후 남은 2이닝은 지루한 투수전이 전개되었고, 결국 양 팀은 점수의 변동 없이 게임을 마무리 지어야 했다.

1차전 최종 결과 2 대 4의 패배.

다저스는 자이언츠를 몰아세우던 기세를 잃어버렸고, 파드리스는 10연패의 사슬을 끊으며 다시금 지구 우승을 위해 한 걸음 더 도약하는 모습이었다.

"와아아아아!!"

"연패를 끊었다!!"

"잘했어! 고생했다!"

"파드리스! 파드리스!"

파드리스의 팬들은 10연패를 당했던 울분을 토하듯, 연신 팀 이름인 파드리스를 연호하고 있었다.

"한 방이 아쉽네. 한 방이."

자신의 짐을 챙기던 기븐스의 주어 없는 말이었지만 민우는 동의한다는 듯 고개를 끄덕거리며 굳은 얼굴을 하고 있는 켐프를 힐끔 바라봤다.

'6번 타자로 4타석 3타수 1안타 1볼넷. 성적만 보면 준수하다고 할 수 있겠지만… 중요한 득점권에서 죽을 쒔으니……'

켐프는 오늘 경기에서 4번 타자가 아닌 6번 타자로 출전을 했었다.

'아마 부담을 좀 털어내라는 감독님의 배려였겠지. 뭐, 표정을 보니 그것도 자존심이 상했던 것 같지만.'

그런데 아이러니하게도 오늘 경기에서 4번 타자로 나선 블레이크가 선두 타자로 나선 이닝이 2번이나 있었다.

그리고 누상에 득점권 주자가 나간 상황이 두 번이었고, 켐프는 그 두 번 모두 범타로 물러나고 말았다.

만약 그 두 번 중, 한 번의 기회만이라도 살렸다면 경기의 결과는 어떻게 바뀌었을지 모를 일이었다.

민우는 잠시 그라운드로 시선을 돌려 수훈 선수 인터뷰를 하고 있는 파드리스의 포수, 헌들리를 잠시 바라보다 이내 몸을 돌렸다.

*　　　　*　　　　*

　다음 날, 훈련 시작 전 미팅에서 선발 라인업이 발표되자 이전 자이언츠와의 3차전 이전의 팀 훈련 때의 모습이 재현되는 듯했다.

　화가 난다는 듯 언성이 높아지는 켐프의 모습과 곧장 그를 데리고 사라지는 블레이크, 그리고 그런 켐프를 굳은 표정으로 바라보다가 돌아서는 매팅리 코치의 모습까지.

　다시 한 번 그런 모습이 반복되자 선수들은 가볍게 고개를 저으며 관심을 끊고는, 이내 스트레칭을 하며 몸을 풀기 시작했다.

　민우는 제자리에 선 채, 자신의 이름이 호명될 때 이글거리는 눈빛을 보내던 켐프를 떠올렸다.

　'에휴, 저 싸가지 없는 놈. 속마음 같아서는 제대로 약 올려 주고 싶지만, 그랬다간 나까지 싸가지 없는 놈으로 완전히 찍히겠지.'

　한국 야구와는 달리, 미국 야구에서는 나이에 따른 선후배 같은 지위가 그리 강하지 않다고 알려져 있었다.

　하지만 메이저리그에도 엄연히 엄격한 규율이 존재했다.

　정말 특수한 경우가 아닌 이상, 루키 선수가 선배 선수를 도발하거나 싸움을 거는 일은 용납되지 않았다.

그랬기에 민우 역시 켐프의 도발적인 눈빛에 마음속으로만 가볍게 욕설을 내뱉을 뿐이었다.

그리고 이런 모습은 코치와 선수의 사이에서도 존재했는데, 어느 정도 경력을 쌓은 선수에게는 코치나 감독도 함부로 대할 수 없었다.

'따지고 보면 매팅리는 아버지뻘인데. 참는 게 용하네. 코치도 아무나 하는 게 아니구나.'

잠시 고개를 절레절레 저은 민우도 빠르게 스트레칭을 하며 훈련에 임할 준비를 마쳤다.

파드리스와의 원정 2차전.

질기게 이어진 10연패를 끊고 오랜만의 승리를 맛봐서일까.

파드리스의 팬들은 어제보다 훨씬 밝은 표정과 목소리로 응원 구호를 외치고 있었다.

"Beat LA! Beat LA!"

"2연승 가자!"

"지구 우승이 코앞이다!"

"레이토스! 커쇼에게 지지 않는다는 걸 증명해 버려!"

"네가 우리의 희망이다!"

그리고 그런 그들의 입에서 연신 오르내리는 이름 중 하나는 오늘 파드리스의 선발 투수로 나선 영건, 레이토스였다.

펑!

펑!

관중들의 열띤 환호성에 화답하듯 마운드 위에서 공을 뿌리는 레이토스의 연습 투구에선 꽤나 힘이 느껴지고 있었다.

그의 공이 미트에 꽂힐 때마다 가죽이 울리는 소리가 민우의 귓가에 들려왔다.

그리고 공을 받던 파드리스의 포수, 헌들리는 레이토스의 공이 만족스럽다는 듯 연신 고개를 끄덕이고 있었다.

그 모습을 보던 민우도 오늘은 힘들지도 모르겠다는 생각이 들 정도로 레이토스의 공은 상당히 묵직해 보였다.

'확실히 타이밍 잡기가 꽤나 어렵겠는데.'

영상으로 보는 것과 실제로 눈앞에서 그 투구를 보는 것은 확연히 차이가 있었다.

레이토스의 투구 동작과 디셉션은 꽤나 유니크하다는 특징이 있었다.

와인드업 자세는 여느 투수들과 다를 것이 없었다.

하지만 키킹에서 스트라이드를 내디딜 때, 그 속도를 빠르게 가져가며 타자의 타이밍을 흐트러지게 만들었다.

여기에 스트라이드를 내디딜 때, 팔을 일자로 편 채 몸 뒤로 내리는 동작을 취하며 공을 끝까지 숨긴 후에 던지기 때문에 타자에겐 더더욱 어렵게 느껴졌다.

'분명 한 동작인데도 타이밍을 잡기가 어렵게 느껴져.'

거기에 2미터가 넘는 큰 키와 110kg의 몸무게에서 마치 내려찍는 듯이 뿌려지는 공은 타자가 느끼는 무게감이 달랐다.

최고 구속 98마일의 포심과 투심 패스트볼은 그 구속만큼이나 묵직했고, 90마일의 종으로 떨어지는 슬라이더와 체인지업으로 타자의 타이밍을 빼앗는 투구의 효과는 13승 5패, 방어율 2.25라는 성적이 증명해 주고 있었다.

이런 뛰어난 성적으로 레이토스는 파드리스의 에이스였던 제이크 피비의 뒤를 이어 차세대 에이스로 손꼽히는 투수였고, 파드리스의 팬들이 커쇼와 비견될 투수라고 자부심을 가지고 있는 선수이기도 했다.

더그아웃 안쪽에서도 이런 느낌이라면 타석에서 느껴지는 느낌은 전혀 다를 것이었다.

하지만 크게 걱정하지는 않았다.

횡으로 크게 변하는 공이 없다는 것은 결국 그만큼 타점을 좁게 잡을 수 있다는 말이기도 했다.

문제가 되는 것은 결국 레이토스의 투구에 타이밍을 잡는 것이었다.

'지레 겁먹을 필요 있나. 결국 타석에 들어서서 상대해 보면 알겠지.'

민우가 그런 생각을 하는 사이, 레이토스가 연습 투구를 끝냈다.

내야와 외야에서 공을 주고받던 선수들이 공을 모두 그라운드 밖으로 내보내자, 곧 주심이 경기 개시를 알렸다.

1회 초부터 레이토스는 거침없는 투구를 보이며 다저스의 타선을 압도했다.

틱!

팍!

"아웃!"

1번 타자인 포세드닉이 레이토스를 흔들 목적으로 기습 번트를 시도했지만, 레이토스는 여유 있는 동작으로 공을 주워 1루로 뿌리며 그 시도를 가볍게 무마시켰다.

이후 레이토스는 다저스를 비웃듯 2, 3번 타자를 연속 삼진으로 돌려세우며 압도적인 투구를 보이고 있었다.

그리고 이에 질세라 다저스의 선발 투수인 커쇼도 자신이 왜 차세대 에이스인지를 증명하듯 거침없는 투구로 1회 말 2개의 삼진을 잡아냈다.

양 팀의 1선발이라고 할 수 있는 두 선수의 호투에 그 공을 때려내야 하는 타자들의 표정은 그리 밝아 보이지만은 않았다.

하지만 방어율이 0이 아닌 이상, 기회가 없는 것은 아니었다.

2회 초.

따악!

선두 타자로 나선 4번 블레이크가 레이토스와 7구까지 가는 풀카운트 접전 끝에 98마일의 포심 패스트볼을 가볍게 밀어 쳐 팀의 첫 안타를 신고했다.

'마지막 공 구속이 98마일이었지. 초반부터 구속을 저렇게 끌어 올리고, 공도 많이 던진다면 중반엔 기회가 올지도 모르겠는데.'

타석으로 향하는 이디어의 모습에 생각에 빠져 있던 민우도 곧장 대기 타석으로 나섰다.

딱!

"파울!"

"파울!"

민우와 같은 생각이었는지, 5번 타자로 나선 이디어는 초구부터 거침없이 배트를 휘두르기 시작했다.

마치 일부러 걷어내는 듯한 그 스윙에 레이토스는 포심, 투심, 슬라이더, 체인지업을 전부 보여주며 이디어를 잡아내려 하고 있었다.

틱!

팍!

"스트라이크 아웃!"

그리고 결국 배트의 끝을 아주 살짝 스친 타구가 곧장 포수 미트 속으로 빨려 들어가며 9구째의 기나긴 승부에 마침표를 찍었다.

배트에 느껴지는 느낌에 곧장 뒤를 돌아본 이디어는 포수의 미트에 잡힌 타구를 발견하고는 눈을 감은 채 고개를 비틀며 아쉬움을 표했다.

곧 더그아웃으로 돌아가던 이디어는 타석으로 다가오는 민우를 보고는 씨익 웃어 보였다.

'많이 봤지?'

마치 그렇게 묻는 듯한 눈빛에 민우도 입꼬리를 살짝 말아올려 보였다.

타석으로 다가가며 마운드를 바라보니 레이토스의 표정엔 별 변화가 없었다.

'겉보기엔 괜찮아 보여도 조금은 지쳤을려나. 두 타자한테 16구나 뿌리고도 1아웃이니까.'

16구를 뿌리고도 한 타자는 출루에 성공했다.

투수 입장에서 이보다 더 나쁜 상황은 없을 것이었다.

스파이크로 배터 박스의 바닥을 가볍게 쓸어낸 민우가 천천히 발을 디디며 자리를 잡았다.

지난 경기에서의 초대형 홈런으로 민우에 대한 선수들의 관심은 꽤나 높아진 편이었다.

그리고 파드리스의 포수, 헌들리도 마찬가지였다.

'이 녀석의 타격 자세는 떨어지는 공, 그리고 바깥쪽 공에 대응하는 게 수월한 자세야. 덕분에 레이토스와는 상성이 그다지 좋지가 않고.'

레이토스는 몸 쪽 승부보다 주로 바깥쪽을 넘나드는 승부를 선호하는 편이었다.

'거기다 벌써부터 투구 수가 너무 많아. 빠른 승부를 가져가는 게 좋겠어.'

곧 결정을 내린 듯, 헌들리는 다리를 오무린 채, 그 사이로 손을 빠르게 움직였다.

그러자 곧 고개를 끄덕인 레이토스가 글러브를 얼굴 앞으로 들어 올리고는 세트 포지션으로 빠르게 공을 뿌렸다.

슈우욱!

꽝!

"스트라이크!"

초구는 바깥쪽의 아주 낮은 코스로 꽂히는 포심 패스트볼이었다.

'타이밍 맞추기도 힘든데 존도 엄청 낮게 잡아주네.'

민우는 힐긋 고개를 돌려 주심을 바라봤지만, 마이너리그에서의 기억을 떠올리고는 곧 다시 마운드 쪽으로 고개를 돌렸다.

'확실히 다르긴 달라.'

등 뒤로 완벽히 숨겨져 있던 팔이 빠르게 돌아 나오며 타이밍을 흩트리는 모습이 일품이었다.

마이너리그에서도 좋은 디셉션을 가진 투수를 만났었지만 레이토스에 비할 바는 되지 못했다.

'존이 애매한 공은 스트라이크가 되더라도 건드리지 않아야 해. 확실한 공만 친다.'

민우가 다시금 자리를 잡자, 레이토스가 어깨 너머로 1루를 힐긋 바라보고는 다시금 글러브를 들어 올렸다.

슈우욱!

그 손을 빠르게 떠난 공은 몸 쪽 존을 통과할 듯 날아오기 시작했다.

동시에 발끝을 두 번 톡톡거린 민우가 스트라이드를 내디디며 매섭게 배트를 돌렸다.

레이토스의 구속이 빠른 만큼, 민우의 배트도 빠르게 스타트를 끊었다.

그런데 그와 동시에 레이토스의 공이 마치 포크볼을 보는 듯, 급격히 휘어져 내리기 시작했다.

그 모습에 민우의 미간이 가볍게 찌푸려졌다.

'슬라이더였어?'

생각과 반응은 동시에 이루어졌다.

떨어지는 공을 따라가기 위해 민우는 곧장 스트라이드를 내디딘 무릎을 가볍게 굽혔다.

그와 동시에 허리의 회전에 제동을 걸며 그 구속에 맞추기 위해 노력했다.

하지만 배트 스피드가 빠른 만큼, 그 제동은 완벽히 이루어지지 않았다.

따악!

1초도 되지 않는 순간에 홈 플레이트의 한참 앞에서 배트와 공이 맞부딪히며 거친 타격음을 내뱉었다.

'큭.'

손이 크게 울리는 느낌이 들었지만 민우는 타구의 질을 향상시키기 위해 배트를 꽉 잡고 스윙을 끝까지 이어갔다.

심하게 당겨 친 타구는 라인드라이브의 궤적으로 총알같이 1루 측 파울라인 바깥으로 쏘아졌다.

그리고 그 타구에 1루 코치가 깜짝 놀라는 동작을 보이며 푹 주저앉는 모습이 보였다.

"헉!"

그 모습에 타구를 날려 보낸 민우는 심장이 철렁하는 느낌이었다.

워낙에 빠른 타구였기에 혹시라도 맞았더라면 바로 앰뷸런스를 타고 나갔어야 할 정도였다.

다행이라면 1루 코치의 반응이 조금 느렸지만 그의 키보다는 높게 날아가는 타구였기에 불상사가 생기지는 않았다는 것이다.

퍽!

"파울!"

타구는 우익수 쪽 파울라인 바깥으로 자리한 외야 관중석 펜스에 강하게 부딪혀 튕겨 나왔다.

그 모습에 1루심이 곧장 양팔을 들어 보이며 파울임을 알렸다.

동시에 전광판의 스트라이크 카운트가 하나 늘어났다.

볼카운트는 노 볼 2스트라이크.

볼카운트가 몰리자 민우의 머리가 빠르게 돌아가기 시작했다.

'확실히 구속도 빠른데, 변화구도 생각보다 더 크게 꺾이니 대응하기가 좀 어렵네. 디셉션까지 하면 삼박자의 조화가 상당하다고 해야 되나.'

패스트볼 구속이 빠른 투수와 느린 투수가 10마일의 구속 차이를 보이는 공을 뿌린다고 해서, 그 간극이 똑같이 느껴지는 것은 아니었다.

패스트볼 구속이 빠르면 빠를수록 타자 역시 더욱 빠르게 배트를 내밀어야 했기에 구속 차이에 대응하는 것이 훨씬 어려웠다.

그리고 레이토스는 최고 구속 98마일의 빠른 공을 뿌릴 줄 아는 투수였다.

능력치의 영향으로 배트 스피드가 월등히 빨라진 민우였기에 지금도 레이토스의 공에 대응하기 위해 내민 배트는 그 속도가 압도적이었다.

그리고 여기서 민우의 단점이 되는 것이 바로 배터 박스의 앞쪽에 자리를 잡는 것이었다.

배터 박스의 앞쪽에 자리를 잡는다는 것은 그만큼 마운드와의 거리가 가깝다는 것이었고, 결국 투수의 공에 더욱 빨리 반응해야 한다는 의미였다.

마이너리그에서는 충분히 잘 대처해 왔던 민우였지만, 메이저리거는 괜히 메이저리거가 아니었다.

특히 미리 파악한 대로 레이토스의 공을 뿌리는 팔은 최대한 숨겨져 있다가 튀어나왔기에 다른 투수들보다 타이밍을 맞추는 것이 굉장히 어려웠다.

여기에 추가로 문제가 되는 것은 그 꺾이는 각도가 굉장히 예리하다는 점이었다.

밋밋하게 꺾이는 공이라면 배트 스피드를 늦춤과 동시에 배트의 궤적에 변화를 주는 폭이 좁았지만, 지금처럼 예리하게 꺾이는 공은 배트의 궤적을 더욱 많이, 더욱 빠르게 수정해야 했다.

머리로 생각하는 것과 몸을 움직이는 것은 굉장한 차이가 있었다.

확실한 공만을 때려내겠다는 민우의 생각이 무색해질 정도로 레이토스의 공은 그 변화를 예측하기가 쉽지 않았다.

그리고 그 결과가 바로 지금의 파울이었다.

다행이라면 몸 쪽으로 날아온 공이었기에 배트의 안쪽에 맞았고, 배트 스피드가 빠른 만큼, 충분히 잡힐 만한 각도임에도 파울 라인을 크게, 그리고 빠르게 벗어나며 파드리스의 야수들 중 그 누구도 손을 대지 못했다는 점이었다.

'이대로는 힘들어. 첫 타석이니까 일단 최대한 걷어낼 수 있

는 건 걷어내면서 레이토스의 투구 동작에 적응하는 것부터 시작해야겠어.'

앞서 레이토스를 상대로 16개의 공을 뿌리게 만들었던 블레이크와 이디어가 새삼 존경스러웠다.

비스듬히 자리한 대기 타석에서 보는 것과 달리 정면에서 투수를 상대하자 그 디셉션이 상당히 거슬렸다.

특히 두 개의 공을 봤음에도 적응이 되기는커녕, 더욱 거슬리는 느낌이 강해진 상태였다.

공을 뿌리는 팔의 움직임이 중간에 끊어졌다가 갑자기 튀어나오는 것이 이 정도로 거슬릴 줄은 몰랐던 민우였기에 최우선 과제를 투구 폼 적응으로 잡은 것이었다.

반면, 민우가 크게 헛스윙을 할 거라 생각했던 헌들리는 민우의 날렵한 대응에 살짝 놀란 눈치였다.

'올 시즌, 레이토스를 처음 상대했던 루키 녀석들 중 가장 반응이 좋았어. 초대형 홈런을 쳤다는 것부터 알아봤지만, 역시 보통 내기가 아니다.'

헌들리는 순식간에 2스트라이크를 선점한 상황이었지만 루키라고 쉽게 갈 상황이 아니라는 판단을 내렸다.

바로 과감하게 꽂아 넣기보다는 유리한 카운트를 이용해 스트라이크존의 주변을 넘나드는 공으로 민우의 배트를 유인할 생각이었다.

'오늘 존은 평소보다 위아래로 공 반개 정도는 넓은 편이니

까. 그 점을 잘 이용하면서 정석대로 가보자고.'

그리고 그 결정은 민우에게는 그다지 좋지 않은 것이기도 했다.

헌들리의 사인을 받은 레이토스가 곧 글러브를 얼굴까지 들어 올리고는 1루를 향해 견제의 시선을 보냈다.

1루 주자인 블레이크는 지난 시즌까지 10시즌 통산 도루가 35개에 불과할 정도로 잘 뛰지 않는 선수였다.

그 사실을 파드리스의 배터리도 잘 알고 있었기에 그리 크게 신경 쓰지 않고 있었다.

그리고 레이토스가 공을 뿌리기 위해 몸을 움직이는 순간, 아무도 예상치 못한 상황이 벌어졌다.

타다닷!

'어어?'

헌들리는 바깥으로 떨어져 내리는 공을 잡는 것에 집중하고 있었다.

블레이크가 도루를 하리라고는 전혀 예상하지 못한 듯 뒤늦게 시선을 돌리고는 공을 던지기 위해 빠르게 일어서며 몸을 틀었고, 곧장 2루를 향해 공을 뿌렸다.

슈우욱!

촤아악!

팡!

주심은 한 치의 고민도 없이 양팔을 크게 벌려 보였다.

"세이프!"

평소라면 충분히 잡을 수 있는 스피드였다.

하지만 헌들리가 미트에서 공을 한 번 더듬었고, 블레이크는 노익장을 과시하는 헤드 퍼스트 슬라이딩으로 공보다 한 박자 빠르게 2루 베이스를 터치한 것이었다.

통산 도루 35개에 불과한, 그것도 38살이나 먹은 4번 타자의 도루였고 그 작전은 보기 좋게 먹혀들어 갔다.

다저스의 더그아웃에서는 지금의 상황이 즐겁다는 듯, 웃음소리와 박수 소리가 들려오고 있었다.

"와하하핫!"

"블레이크가 뛰었어!"

"푸핫! 대박인데?"

의외의 도루 시도에 레이토스와 헌들리의 얼굴에 당황스러움과 분노가 섞여 가볍게 요동치고 있었다.

올 시즌, 헌들리는 3할에 미치지 못하는 리그 평균 수준의 도루 저지율을 기록하고 있었다.

하지만 블레이크 정도는 충분히 잡을 수 있는 어깨를 가지고 있었다.

자존심.

포수는 누가 도루를 시도하느냐에 따라 그 자존심이 달라진다.

이제 38살에 발마저 느린 주자에게 도루를 허용했다는 것에 포수로서의 자존심이 보기 좋게 일그러졌다.

그 모습을 확인한 민우가 속으로 휘파람을 불었다.

'이거, 제대로 흔들어 놓으셨네.'

파드리스의 배터리를 이루고 있는 이들은 이제 갓 2년 차의 투수와 풀타임 경험이 전무한 3년 차의 포수였다.

나이 어린 차세대 에이스 투수의 흔들림을 잡아주기엔 포수의 경험이 조금은 부족한 편이었다.

민우 역시 경험이 부족한 것은 마찬가지였다.

하지만 블레이크가 만들어준 기회를 캐치하지 못할 만큼 둔하지는 않았다.

1루가 비었다.

하지만 강속구를 던지는 투수일수록 삼진을 잡아내는 것을 최고로 친다.

그런 점을 머리에 떠올린 민우가 배트를 야무지게 다잡았다.

'공 2개 정도를 던질 즈음이면 냉정을 되찾을 거야. 그 전에 승부를 보자고.'

민우가 배터 박스에 자리를 잡자, 굳은 얼굴의 레이토스가 잠시 2루를 노려본 뒤, 빠르게 공을 뿌리기 시작했다.

슈우욱!

레이토스의 손을 떠난 공이 올곧게 날아오는 듯하다가 천천히 떨어져 내리기 시작했다.

존 밖으로 나가는 공이라 판단했기에 민우는 배트를 가볍게 거두어들였다.

팡!

"볼!"

3구는 바깥쪽에서 존 아래로 떨어지는 체인지업이었다.

헌들리 역시 볼 것도 없다는 듯, 판정을 기다리지 않고 빠르게 레이토스에게 공을 돌려보냈다.

공을 받은 레이토스는 포수의 사인에 곧장 고개를 끄덕이고는 글러브를 들어 올렸다.

'정석대로라면… 가장 자신 있는 공이겠지.'

민우는 온몸의 근육을 조이며 언제든지 튀어나갈 준비를 마쳤다.

그리고 레이토스가 세트 포지션에서 빠르게 공을 뿌렸다.

슈우우욱!

동시에 스트라이드를 강하게 내디디며 민우의 허리가 빠르게 돌아갔다.

그리고 허리를 따라 매섭게 돌아나온 배트가 거의 어깨 높이로 날아오는 하이 패스트볼을 그대로 강타했다.

따아악!

강렬한 타격음이 그라운드를 타고 울려 퍼졌다.

동시에 총알같이 쏘아진 타구가 순식간에 내야를 뚫고 중견수와 우익수 사이의 빈 공간인 우중간 방면으로 날아가기 시작했다.

동시에 2루 주자인 블레이크가 3루를 향해 내달리기 시작했고, 민우도 곧장 배트를 내던지고 스퍼트를 시작했다.

―제4구! 쳤습니다! 총알같이 쏘아진 타구가 우중간을 가를 듯! 갈랐습니다! 타구는 펜스까지 굴러가는데요!

너무나도 빠른 라인드라이브성 타구였기에 중견수와 우익수는 타구를 쫓아가기에 급급한 모습이었다.

워낙에 넓은 그라운드를 가진 구장이었기에 더더욱 그러했다.

순식간에 1루를 지나, 2루에 거의 다다른 민우는 중견수가 이제야 공을 주워드는 모습을 확인하고는 곧장 3루를 향해 매섭게 다리를 놀렸다.

―2루 주자는 3루를 지나서 홈으로! 타자 주자는 1루를 지나서 2루! 2루를 지나서 곧장 3루로! 3루까지!

민우의 귓가로 바람이 쌕쌕거리는 소리를 내며 지나가는 것이 느껴지고 있었다.

눈앞으로 보이는 3루 코치가 선 채로 양팔을 들어 보이는 모습에 몸을 날릴 준비를 하던 민우가 서서히 속도를 줄이며 베이스를 밟고 멈춰 서며 뒤를 돌아봤다.

중계 플레이가 이루어진 공은 2루수의 손에 들려 있었다.

─3루에서!! 세이프! 강민우 선수가 3루까지 선 채로 여유 있게 들어갑니다! 강민우 선수의 1타점 적시 3루타가 터졌습니다! 스코어 0 대 1. 다저스가 파드리스를 상대로 한 점을 먼저 앞서나갑니다.

─펫코 파크가 워낙에 넓기 때문에 3루타가 많이 나오는 곳이거든요. 펜스까지의 거리가 멀고 그라운드가 넓기 때문에 외야수들의 반응에 따라 2루타가 될 타구도 3루타가 되는 경우가 많은데 지금도 비슷한 경우라고 할 수 있겠네요. 타구가 가장 깊은 곳으로 흘러간 덕에 아주 여유 있게 3루타가 만들어졌습니다.

상황은 아직도 2회 초 1아웃에서 변함이 없었다.

2회에만 벌써 20개의 공을 뿌린 레이토스의 미간의 주름이 펴질 줄을 몰랐다.

투수가 평정심을 잃으면 자연스레 제구가 흔들리는 법이었다.

민우는 그 모습에 힐끔 홈을 바라봤다.

잠시 마스크를 벗고 레이토스를 바라보던 헌들리는 신경 쓰지 말라는 듯, 양손을 아래로 내리는 제스처를 취하고 있었다.

곧 알겠다는 듯, 가볍게 고개를 끄덕인 레이토스가 7번 테리엇을 상대하기 시작했다.

슈우욱!

팡!

"스트라이크!"

"볼!"

"볼!"

레이토스는 우타자인 테리엇을 상대로 3개 연속 바깥쪽 공을 뿌리고 있었다.

그리고 레이토스가 공을 하나하나 뿌릴 때마다 민우는 리드 폭을 아주 조금씩 벌려가고 있었다.

'3루에 있으니 뛸 거라는 생각은 전혀 하지 않고 있나 보군.'

민우는 레이토스가 1구, 1구를 뿌릴 때마다 티가 나지 않을 선에서 조금씩 리드 폭을 넓혀가고 있었다.

하지만 아무리 티가 나지 않는다고 해도, 레이토스가 우투수라는 점을 생각한다면 이야기가 달라졌다.

레이토스가 민우에게 조금이라도 신경을 썼다면 정면으로 바로 민우의 모습이 보였기에 그 변화를 눈치채지 못할 리가 없었다.

하지만 레이토스의 머릿속에는 타석에 들어선 테리엇 외에는 존재하지 않고 있었다.

예의 큼지막한 와인드업 자세로 공을 뿌리는 점에 더해 3루로 시선을 주지 않고 있는 점이 그걸 증명하고 있었다.

'아웃 카운트 하나만을 잡은 채, 벌써 23구째……. 마음이 급해질 만도 하지.'

타석에 들어선 테리엇이 우타자라는 점도 민우에게 유리하게 작용하고 있었다.

'완벽히는 아니지만, 어느 정도 포수의 시야도 가려주고 있으니까.'

여기서 노장과 풋내기의 경험의 차이가 보이는 것이기도 했다.

노련한 선수였다면 민우에게 한번이라도 시선을 주며 움직임을 묶었을 것이다.

하지만 레이토스와 마찬가지로 헌들리도 타자와의 승부에 집중하고 있었다.

반대로 민우는 루키였기에 과감한 시도를 할 기회를 잡을 수 있는 것이기도 했다.

'루키인 내가 이 타이밍에 홈으로 뛰어들 거라고는 생각하지 못할 테니까.'

테리엇이 출루를 하든, 아웃을 당하든 그 이후에는 파드리스의 배터리도 어느 정도 안정을 찾을 것이다.

상대가 흔들리고 있는 지금이 절호의 기회였다.

그리고 민우에게는 성공 확률을 비약적으로 높일 비장의 한 수가 존재했다.

민우는 몸을 가볍게 좌우로 움직이며 레이토스의 다리가 들리기만을 기다리고 있었다.

레이토스는 여전히 포수를 바라본 채, 글러브를 얼굴 앞으로 들며 자신의 시야를 가리고 있었다.

그리고 그 특유의 준비 동작이 민우를 돕고 있었다.

슬금슬금 걸음을 떼던 민우가 순간적으로 스퍼트를 끊었다.

'대도!'

지이잉!

스킬의 사용과 동시에 스퍼트를 끊자, 강하게 조여진 민우의 다리 근육이 꿈틀거리는 것같이 느껴졌다.

타다다닷!

스퍼트를 끊자, 순간적으로 민우의 시야 양쪽의 사물들이 뒤로 빨려 들어가듯 스쳐 지나가기 시작했다.

그리고 민우가 서너 걸음을 뗀 상태에서야 민우를 발견한 레이토스의 두 눈이 크게 떠졌다.

레이토스는 이미 투구 동작에 들어가 스트라이드를 내딛기 위해 중심이 쏠린 상태였다.

평소의 투구 동작 그대로 빠르게 공을 뿌렸다면 민우를 잡아낼 확률이 훨씬 높았겠지만, 덜컥하는 마음에 순간적으로 그 중심이 흔들렸다.

시작부터 삐걱거린 투구 동작이었기에 레이토스는 공을 완벽히 채지 못한 채, 놓아버리고 말았다.

슈우욱!

레이토스의 손을 떠난 공은 스트라이크존에서 한참 위쪽으로 쏘아지고 말았다.

공이 레이토스의 손을 떠난 순간, 이제 그가 할 수 있는 일은 아무것도 없었다.

그저 간절한 시선으로 헌들리와 민우를 번갈아 바라볼 뿐이었다.

하지만 그 기대가 어긋나는 데에는 찰나의 순간도 걸리지 않았다.

민우의 홈스틸 시도에 놀란 헌들리는 마치 개구리가 점프하듯 손을 들며 미트로 공을 잡아챘다.

팡!

그리고 그 귀에 홈으로 돌진하는 민우의 뜀박질 소리가 들려오자 마음이 다급해졌다.

'잡아야 해!'

미트에 공이 제대로 잡혔는지, 공이 흘렀는지 확인할 틈조차 없이 헌들리는 곧장 홈 플레이트로 몸을 날렸다.

동시에 민우 역시 먹이를 노리는 매처럼 속도를 늦추지 않은 채 헤드 퍼스트 슬라이딩을 시도했다.

촤아아악!

퍽!

흙바닥이 쓸리는 소리와 동시에 두 물체가 부딪히는 소리가 들려왔다.

홈 플레이트에서 두어 걸음 떨어진 채, 그 모습을 바라보던 주심이 아주 잠시 고민하는 순간.

엉켜 있는 두 선수 옆으로 홀로 놓여 있는 희끄무레한 구체가 그 눈에 잡혔다.

그리고 곧 주심은 확고한 눈빛으로 양팔을 좌우로 크게 휘둘렀다.

"세이프!"

그 모습에 엉켜 있던 두 선수의 표정이 극명하게 엇갈렸다.

항의를 하려고 미트를 벌린 헌들리는 어느새 비어 있는 미트와 떨어진 공을 확인하고는 허탈한 표정으로 고개를 수그렸다.

반면, 홈스틸에 성공한 민우는 양손을 강하게 맞부딪치며 함성을 내질렀다.

"됐어!!"

그와 동시에 눈앞으로 떠오른 알림에 민우의 미소는 더욱 짙어졌다.

'퀘스트까지!'

띠링!
[히든 퀘스트—거침없이 홈스틸! 결과.]

─홈스틸은 메이저리그에서도 굉장히 보기 힘든 기록입니다.

─빠른 발과 센스 있는 판단으로 홈스틸에 성공했습니다.

─홈스틸로 파드리스의 모든 이들을 침묵에 빠뜨렸습니다.

─퀘스트 성공 보상으로 영구적으로 주력 +2가 상승합니다. 500포인트가 지급됩니다.

─아아! 3루 주자! 뜁니다! 홈으로 파고듭니다!! 세이프!!

─와~ 기가 막힌 홈스틸이 나왔습니다. 상대가 정신을 차리지 못하는 사이에 홈으로 파고들며 점수는 0 대 2로 벌어집니다!

─다시 보시면, 투수도 포수도 전혀 예상하지 못한 상황인 탓에 반응 자체가 늦었습니다. 메이저리그에서도 정말 보기 드문 단독 홈스틸을 이제 갓 메이저리그에 데뷔한 루키 선수가 만들어냅니다.

─레이토스 선수가 글러브를 들고 시선을 돌리지 않는 점을 간파해 내고 과감하게 홈으로 들어왔거든요. 강민우 선수의 센스가 돋보이는 한 점이었습니다. 배트로 한 점, 그리고 발로 한 점을 만들어내며 팀의 점수를 모두 책임지는 강민우 선수입니다. 이 선수가 왜 이제야 메이저리그에 올라왔는지 정말 의문입니다!

민우의 홈스틸을 처음부터 끝까지 바라본 파드리스의 홈팬들은 아무런 반응도 보이지 못한 채, 그저 멍한 표정을 지어 보이고 있었다.

그리고 그들 사이에서 원정 응원을 온 다저스의 팬들이 자리에서 벌떡 일어선 채, 만세를 부르고 있었다.

"오 마이 갓!"

"봤어? 봤냐고!"

"그래! 완전 미친 스피드였어!"

"민우! 민우!"

타석에 서 있던 테리엇마저 민우의 기습적인 홈스틸에 놀라움이 담긴 눈빛으로 민우를 바라보고 있었다.

"허허. 이거 완전 미친놈이네. 잘했어 인마!"

테리엇은 그 말과 함께 민우의 엉덩이를 강하게 후려쳤다.

팍!

"악! 큭큭."

그럼에도 민우는 뭐가 그리 좋은지 환한 미소를 지어 보이며 더그아웃으로 달려갔다.

더그아웃의 입구에서 민우를 맞이하는 토리 감독의 표정에는 의외였다는 듯한 미소가 피어 있었다.

"좋은 시도였다. 잘했어."

토리 감독의 칭찬에 민우는 더욱 짙은 미소를 지어 보였다.

"감사합니다."

곧 더그아웃 안쪽이 민우를 맞이하며 급격히 소란스러워

졌다.

뒤에서 들려오는 소란에 토리 감독은 고개를 돌리지 않은 채, 그저 뿌듯한 표정을 지어 보였다.

'허허. 저 당돌한 녀석이 도대체 날 얼마나 더 놀라게 할 작정인건지 정말 궁금해지는군.'

감독 마지막 해에 선수층이 무너지는 바람에 유종의 미를 거두지 못하는 것이 못내 아쉬웠던 토리였다.

그런데 민우의 승격 이후, 기대 이상의 활약을 보이며 필요할 때 한 방을 그리고 분위기를 반전시키는 그 모습에 다시금 토리 감독의 피가 끓고 있었다.

'1위인 파드리스와의 격차는 7경기… 와일드카드는 7.5경기인가.'

현재 내셔널리그의 서부 지구의 상황은 파드리스의 10연패로 내셔널리그 와일드카드보다 서부 지구 1위와의 승차가 더 적은 상태였다.

이전까지는 와일드카드를 향해 달렸다면, 현재는 1위인 파드리스를 잡는 것이 확률이 높은 상황이었다.

'단정 짓기는 뭐하지만… 켐프와 민우의 차이가 확연히 보이고 있으니, 특단의 결정을 내릴 때로군.'

아직 경기가 끝나지 않은 상황이었고, 민우는 이제 겨우 한 타석에 들어섰을 뿐이었다.

하지만 그 한 타석에서 보인 센스와 임팩트는 지난 경기의 초대형 홈런과 오버랩되며 토리 감독을 순식간에 휘어잡고 있었다.

토리 감독은 어느새 예의 무거운 표정으로 돌아온 채, 그라운드를 바라보기 시작했다.

민우의 홈스틸로 한껏 달아오른 분위기가 무색하게도 테리엇은 유격수 땅볼로 물러나고 말았다.

이어 8번 타자인 바라하스가 펜스까지 날아가는 큼지막한 타구를 날려 보내며 팬들의 환호성을 이끌었다.

하지만 중견수가 펜스에 등을 기댄 채 그 공을 잡아내며 더 이상의 추가점을 내지는 못했다.

바라하스의 플라이 아웃은 홈런 파크 팩터 최하위의 위용을 여실히 드러내는 모습이기도 했다.

이후는 조금은 지루한 투수전이었다.

레이토스는 2실점 이후, 매 이닝 안타를 허용했지만 후속타를 허용하지 않으며 추가 실점을 내어주지 않고 있었다.

민우는 4회 초 2아웃, 주자 1루 상황에서 오늘 경기 두 번째 타석에 들어섰다.

하지만 2루 베이스를 타고 넘어가는 타구를 유격수 테하다가 몸을 날리며 낚아채는 바람에 안타를 만들어내지 못하고 아쉽게 물러나고 말았다.

커쇼는 레이토스보다 더욱 압도적이었는데 2회 말, 4번 타

자인 곤잘레스에게 2루타를 맞은 것을 제외하고는 4회 말 2아
웃까지 출루를 허용하지 않고 있었다.

그리고 다시금 타석에 파드리스의 4번 타자 곤잘레스가 들
어서 있었다.

커쇼는 전 타석에서의 2루타를 의식한 듯, 연신 존의 외곽
을 넘나들며 곤잘레스를 공략하고 있었다.

하지만 곤잘레스는 애매한 공들을 노련하게 걷어내며 커쇼
의 투구 수를 차근차근 늘려가고 있었다.

7구까지 가는 접전 끝에 볼카운트는 3볼 2스트라이크, 풀
카운트의 상황이 되었다.

가볍게 숨을 내뱉은 커쇼가 특유의 투구 폼으로 강하게 공
을 뿌렸다.

슈우욱!

팡!

순식간에 홈 플레이트 위를 지나간 공에 곤잘레스의 배트
는 움직이지 않았다.

포수 바라하스는 미트를 앞으로 뻗은 채, 잠시 가만히 있었
지만 주심의 팔은 올라가지 않았다.

"베이스 온 볼스."

커쇼는 볼넷을 내어주며 곤잘레스에게 출루를 허용하고 말
았다.

커쇼는 등판 내내 인상을 찌푸린 듯한 표정을 짓고 있었기

에 볼넷을 내어주었음에도 그 표정 변화가 보이지 않았다.

다음 타자는 도미니카 출신의 통산 300홈런을 눈앞에 둔 파드리스의 5번 타자, 테하다였다.

앞선 타석에서는 커쇼가 위력적인 슬라이더를 뿌려 삼진으로 돌려세웠지만, 두 번째 타석도 그렇게 쉽게 당해줄 타자는 아니었다.

'통산 홈런을 297개나 때려낸 중장거리형 타자. 빠른 배트 스피드를 이용해 주로 당겨 치는 타입이었지.'

테하다는 30대 후반에 접어든 나이로 인해 노쇠화가 진행되고 있었다.

하지만 최근 5경기에서 3개의 홈런포를 쏘아 올리며 노익장을 과시하고 있었다.

민우는 수비 위치에서 글러브를 만지작거리며 테하다의 간략한 특징들을 떠올렸다.

그리곤 따로 시프트 지시가 없었지만 좌익수 방면으로 두어 걸음 정도를 이동한 뒤 자세를 낮추며 언제든 튀어나갈 준비를 마쳤다.

곧 커쇼와 테하다의 대결이 시작되었다.

슈우욱!

팡!

"볼!"

팡!

"스트라이크!"

딱!

"파울!"

초구 커브로 볼을 내어준 커쇼가 2구째 하이 패스트볼로 스트라이크 카운트를 잡아냈다. 그리고 3구째 슬라이더에 테하다의 배트가 매섭게 돌아가며 좌측 파울라인 바깥으로 벗어나는 총알 같은 타구를 날려 보냈다.

그 타구에 민우도 반사적으로 움찔하며 타구의 위치를 확인했다.

'역시 타격감이 나쁘지 않아. 타구가 굉장히 날카로워. 대도 스킬을 써버린 만큼, 더 빠르게 반응해야 해.'

민우는 다시금 경각심을 가지고 자세를 낮췄다.

로진백을 가볍게 매만진 커쇼가 바라하스의 사인에 가볍게 고개를 끄덕이고는 곧장 빠르게 공을 뿌렸다.

슈우욱!

커쇼의 손에서 뿌려진 공이 포물선을 그리듯 높이 떠올랐다가 떨어져 내렸다.

스트라이크존의 구석에 제대로 꽂히는 공에 됐다고 생각한 순간.

따아악!

깎아 치듯 매섭게 돌아 나온 테하다의 배트가 그 공을 날카롭게 걷어냈다.

동시에 1루에 나가 있던 곤잘레스가 타구의 방향을 확인하고는 빠르게 스타트를 끊었다.

순식간에 외야를 뚫고 좌중간 방면으로 쏘아진 타구는 꽤나 낮게 날아가고 있었다.

잡지 못하면 최소 2루타 코스였고, 파드리스의 추격을 허용할 상황이었다.

2아웃 상황. 누가 봐도 잡기 힘든 타구였고, 마지막 아웃 카운트였기에 곤잘레스는 전력 질주를 하고 있는 상황이었고 어느새 2루를 돌아 3루로 향하고 있었다.

그렇게 모두의 시선이 타구로 향할 때.

타다다닷!

민우는 시야에 나타난 붉은 화살표와 라인을 따라 곧장 바람을 가르는 듯한 모습으로 매섭게 타구를 쫓기 시작했다.

─원 앤 투 상황. 제4구! 쳤습니다! 잘 맞은 라인드라이브성 타구가 좌중간으로! 중견수! 강민우가 쫓아갑니다!

테하다의 타구는 워낙에 낮고 빠르게 쏘아졌기에, 벌써 민우의 키 만큼 떨어져 내리고 있는 모습이었다.

그리고 그 타구를 잡기 위해 내달리는 민우의 모습은 얼핏 무모해 보이기까지 했다.

쌔애애액!

귓가를 스치는 날카로운 바람 소리와 터질 듯한 다리 근육의 움찔거림은 민우가 전심전력으로 달리고 있음을 증명하고 있었다.

시야에 보이는 화살표와 라인은 핏빛 같은 붉은색에서 점점 연하게 바뀌어가고 있었다.

그 모습에 민우는 더 이상 속도를 낼 수 없음에도 이를 악물며 온몸의 근육을 조였다.

'기필코 잡는다!'

너무나도 멀어 보이던 낙구 지점이 코앞에 다가왔고, 타구의 위치도 순식간에 낙구 지점에 도달해 있었다.

"핫!"

동시에 민우가 그라운드를 박차고 양팔을 앞으로 뻗으며 몸을 날렸다.

마치 슈퍼맨이 된 것같이 공중에 뜬 채로 날아가는 민우의 모습에 모두의 시선이 집중된 순간.

팍!

민우의 글러브 끝에 부딪힌 타구가 마치 자석이 달린 듯 글러브 안쪽으로 빨려 들어갔다.

촤아아악!

민우는 공을 잡은 자세 그대로 양팔로 그라운드를 디딘 채, 거의 7미터가량을 미끄러져 갔다.

민우의 환상적인 몸놀림에 타구를 주시하고 있던 커쇼가

환한 미소를 지으며 양손을 번쩍 들어 보였다.

백업을 왔던 좌익수 포세드닉이 민우의 손을 잡고 일으켜 세우며 정말 놀란 듯한 목소리로 민우를 치켜세웠다.

"이 자식! 정말 굉장한 캐치였어!"

그 칭찬에 미소로 화답한 민우는 마운드 위에 선 채 아이처럼 웃고 있는 커쇼를 발견하고는 만족스러운 미소를 지은 채 내야를 향해 달려갔다.

―오우!!! 다이빙 캐치!! 강민우의 정말 엄청난 수비가 나왔습니다!

―방금 전에 보셨습니까! 타구가 쏘아지자마자 마치 알고 있었다는 듯 매섭게 달려가더니 곧장 몸을 던져 2루타성 타구를 훔쳐냈거든요!

―예! 정말 한 시즌에 한두 번 나올까 말까 한 슈퍼 캐치가 나왔습니다! 슈퍼맨이 있다면 저런 모습이 아닐까 싶을 정도로 굉장한 모습이었습니다! 강민우 선수의 슈퍼 캐치로 4회말 파드리스의 공격은 무위로 돌아갑니다.

충격과 공포.

파드리스의 팬들은 좌중간을 갈라 버릴 듯 날아가는 날카로운 타구에 득점이 확실하다는 듯 만세를 부르고 있었다.

하지만 그들의 시야에 타구를 쫓아 달려 나가는 민우의 모습이 잡히자 설마 하는 마음이 들었다.

그리고 순식간에 타구의 진행 방향으로 몸을 날린 민우의 글러브 속으로 빨려 들어가는 타구가 눈에 들어왔다.

그러자 모두의 머리 위로 들려졌던 두 손은 곧장 머리를 감싸 쥐는 용도로 바뀌고 말았다.

"Holy shit!"

"이건 말도 안 돼!"

"어떻게 저걸 잡아낼 수가 있는 거야?"

타구를 때려낸 뒤, 최소 2루타를 확신하고 있던 테하다는 민우가 타구를 잡는 순간, 헬멧을 그라운드에 내던지고는 허망한 표정으로 민우를 바라보고 있었다.

마치 파드리스의 팬들의 허탈한 표정을 그대로 복사한 듯한 그 모습이 중계 카메라에 잡히고 있었다.

1루 코치가 멍하니 서 있는 테하다에게 다가와 어깨를 두드려 주자 그제야 테하다는 몸을 돌릴 수 있었다.

펫코 파크의 넓은 그라운드에 익숙한 파드리스의 선수들이었다.

조금 전 민우가 보여준 수비는 파드리스의 그 어떤 야수들보다 빠르고, 날렵한 몸놀림이었다.

그렇기에 과연 중견수 방면으로 타구를 날렸을 때, 민우를 뚫고 안타를 만들어낼 수 있을지 자신감마저 떨어지고 있었다.

지금의 엄청난 슬라이딩 캐치로 그들의 무의식에는 어느새 민우의 이름 석 자가 자리를 잡기 시작했다.

6회 초, 마운드에는 다시금 레이토스가 올라있었다.

5회 초까지 매 이닝 안타를 허용하는 모습을 보이고 있었기에 그 투구 수는 이미 90개에 육박한 상태였다.

한계 투구 수에 임박한 탓에 그 구속은 2~3마일가량 떨어진 상태였다.

그리고 떨어진 구속은 이미 빠른 구속에 눈이 익은 다저스의 타자들에겐 다시금 기회가 되고 있었다.

선두 타자로 나선 2번 캐롤이 공격의 스타트를 끊었다.

따악!

캐롤은 좌측 파울라인에 아슬아슬하게 걸치는 타구를 날리며 2루 베이스를 터치했다.

이후 3번 로니가 3루수 앞 땅볼로 물러나며 흐름이 끊기는가 했지만 4번 블레이크가 풀카운트 접전 끝에 볼넷을 얻어내며 1루를 밟았다.

블레이크를 출루시킨 마지막 공으로 레이토스의 투구 수는 정확히 100개가 된 상황이었다.

그러자 파드리스의 더그아웃에서 곧장 투수 코치가 걸어나와 마운드로 향했다.

타석으로 향한 이디어의 뒤를 이어, 대기 타석에 들어선 민우는 가볍게 몸을 풀며 그 모습을 바라보고 있었다.

'파드리스의 불펜을 생각하면, 안 내려갔으면 좋겠는데.'

파드리스의 불펜은 리그에서도 알아줄 정도로 막강함을 자랑하고 있었다.

타자에게 불리한 구장인 펫코 파크를 홈구장으로 사용하는 만큼, 파드리스는 타자보다는 막강한 투수진을 보유하는 것에 더 중점을 두고 있었다.

그 결과, 올 시즌 불펜은 1점대 방어율 투수만 5명이 존재할 정도였고, 그들의 평균 피안타율은 2할이 채 되지 않았다.

그런 점을 기억하고 있는 민우였기에 기왕이면 힘이 빠진 레이토스를 최대한 두들겨 점수를 최대한 뽑아내는 것이 좋으리라는 생각을 하고 있는 것이었다.

잠시 생각에 잠겼던 민우가 마운드로 시선을 돌렸다.

5.1이닝 2실점. 퀄리티 스타트까지는 0.2이닝만을 채우면 되는 상황이었다.

레이토스는 투수 코치에게 더 던질 수 있다는 것을 어필하는 듯 보였다.

그런 레이토스의 이야기를 듣던 투수 코치는 곧 무어라 이야기를 하고는 몸을 돌려 마운드를 내려갔다.

1아웃을 잡아놓은 만큼, 투수 코치는 레이토스에게 이번 이닝까지는 맡겨보기로 결정한 듯 보였다.

레이토스는 곧장 로진백을 가볍게 매만지고는 타석에 들어선 이디어를 향해 눈을 빛내기 시작했다.

'자존심은 세워준다 이건가 보네.'

민우는 그런 레이토스를 바라보며 의미심장한 미소를 지어 보였다.

여기서 이디어에게 실점을 허용하면 레이토스는 강판될 확률이 높았다.

'문제는 이디어가 오늘 정타가 없었다는 건데……'

2회 초, 첫 타석에서 레이토스의 공을 귀신처럼 커트해 내던 이디어는 두 번째 타석에서는 얕은 좌익수 플라이로 허무하게 물러나고 말았다.

메이저리그는 냉정한 승부의 세계였다.

팀이 뒤지고 있는 상황에서 무작정 선수의 자존심만을 세워줄 정도로 호락호락한 곳이 아니었다.

파드리스의 투수 코치는 두 타석에서 이디어의 컨디션을 파악하고는 이런 판단을 내렸을 것이었다.

따악!

순간, 민우의 상념을 깨뜨리는 소리가 들려왔다.

당겨 친 듯, 이디어의 타구는 높은 포물선을 그리며 우익수 방면으로 날아가고 있었다.

그리고 타구를 확인한 민우의 눈빛에 아쉬움이 묻어났다.

'아깝네.'

타격음으로나 궤적으로나 펜스를 넘기기에는 조금 힘든 타구였다.

그리고 민우의 예상대로 워닝 트랙까지 물러났던 우익수가 조금씩 앞으로 걸어 나오며 이디어의 타구를 가볍게 잡아냈다.

그사이 2루로 향하던 블레이크는 1루로 귀루를, 발이 빠른 캐롤은 빠른 태그 업 플레이로 3루까지 진루하는데 성공했다.

1루를 돌던 이디어도 잡힐 만한 타구라는 것을 알고 있었다는 듯, 곧장 몸을 돌려 더그아웃으로 천천히 달려갔다.

아웃 카운트 하나가 추가되어 2아웃. 주자는 1, 3루 상황으로 바뀌어 있었다.

민우는 대기 타석을 벗어나 타석을 향해 천천히 걸어갔다.

오늘 득점의 주인공인 민우가 타석으로 향하자 원정 응원을 온 다저스의 팬들이 드문드문 휘파람을 불며 민우를 응원하고 있었다.

그들의 응원을 뒤로한 채, 타석에 들어서자 레이토스의 눈빛이 민우에게로 쏘아졌다.

'어휴, 눈빛으로 잡아먹겠네.'

지난 타석에서도 직선타로 잡히긴 했지만, 꽤나 잘 맞은 타구였기에 레이토스의 경계심이 높아진 것이리라 생각됐다.

민우가 배터 박스에 자리를 잡고 배트를 들어 올리자 곧장 경기가 재개되었다.

슈우욱!

팡!

"볼!"

초구는 스트라이크존의 바깥쪽 낮은 코스를 찌르는 패스트볼이었다.

하지만 존에서 공 반 개 정도가 빠지는 공이었기에 민우는 가볍게 배트를 거두어들였다.

'최구 구속은 95마일 정도인가…… 여전히 빠르지만 98마일을 뿌려대던 거에 비하면 훨씬 나아졌다고 봐야겠지.'

패스트볼 구속만이 떨어진 것이 아니었다.

민우를 당황하게 만들었던 종으로 떨어지는 슬라이더와 투심 패스트볼도 그 변화가 조금은 밋밋해져 있었다.

슈욱!

팡!

"스트라이크!"

2구는 낮은 체인지업이었는데 민우의 판단과 달리 주심이 그 공을 잡아주며 볼카운트는 1볼 1스트라이크가 되었다.

그 모습에 민우는 혓바닥을 내밀며 가볍게 당황스러움을 표출했다.

'무슨 놈의 스트라이크존이 이렇게 들쑥날쑥이야.'

속으로 가볍게 한탄의 말을 내뱉은 민우는 곧 다시금 정신을 다잡았다.

슈욱!

따!

"파울!"

다시금 구석을 찌르는 공에 매섭게 배트를 돌렸지만 아쉽게도 파울라인을 크게 벗어나는 타구가 만들어졌다.

이후 4구째는 손에서 빠진 듯, 슬라이더가 스트라이크존의 한참 위쪽으로 날아가며 포수가 펄쩍 뛰어오르는 모습을 보였다.

너무나도 확연히 빠지는 공에 민우는 움찔하지조차 않았다.

2볼 2스트라이크 상황.

민우의 머리가 복잡해져갔다.

'패스트볼, 변화구, 패스트볼, 변화구. 다음은… 패스트볼?'

민우는 빠르게 지난 타석에서의 구종들을 떠올렸다.

첫 타석에서 3루타를 때려냈던 공이 패스트볼이었고, 두 번째 타석에서 잡히긴 했지만 날카로운 타구를 때려냈던 것도 패스트볼이었다.

포수의 볼 배합에는 타자의 지난 타석에서의 기록도 어느 정도 영향을 미친다. 한 번 장타를 허용했던 공을 결정구로 쉽게 선택하지 못하는 이유는 그 때문이었다.

'조금 전에 슬라이더가 빠지긴 했지만, 내가 상대 배터리라면… 슬라이더를 선택할 확률이 높을 거야.'

결정을 내린 민우는 돌연 배트 끝을 꽉 잡은 채, 온몸에 힘을 주고 큰 것 한 방을 노리고 있다는 티를 은근히 드러내기 시작했다.

그리고 그런 제스처는 민우를 힐끗 쳐다보던 헌들리의 시야에도 잡혔다.

'큰 걸 노리고 있어?'

상황은 2아웃 주자 1, 3루. 2아웃이었기에 주자를 살리기 위한 스윙이 필요할 때가 아니었다. 주자가 2명이나 쌓여 있는 상황이었기에 큰 것 한 방이면 확실히 경기를 주도할 수 있었다.

그리고 민우의 자세는 풀스윙을 준비하는 타자의 그것과도 같았다.

헌들리는 마치 대단한 발견이라도 한 것같이, 곧장 레이토스에게 한 구종을 요구했다.

그리고 레이토스는 그 사인에 눈빛으로 대답하고는 1루와 3루 주자를 힐끗 바라봤다.

글러브를 얼굴 앞으로 든 채, 잠시 멈춰있던 레이토스가 빠른 동작으로 공을 뿌렸다.

슈우욱!

레이토스의 손을 떠난 공은 마치 패스트볼의 궤적으로 날아오는 듯 보였지만, 민우는 앞다리를 톡톡 거리며 한 타이밍을 늦춘 뒤, 스트라이드를 강하게 내디뎠다.

그리고 민우의 배트가 매섭게 돌아 나옴과 동시에 공이 급격히 꺾이며 아래로 떨어지기 시작했다.

민우의 배트가 빠르게 돌아가는 모습에 헌들리가 마음을 놓는 순간.

따아아악!

미트에서 느껴져야 할 충격이 느껴지지 않았다.

대신 청갈한 타격음만이 헌들리의 귓가를 찌르고 있었다.

마치 공이 들어온 것처럼 미트로 허공을 휘저은 헌들리는 마치 못 볼 것을 본 것처럼, 자리에서 천천히 일어났다.

그리고 민우의 쭉 뻗은 팔과 배트의 너머로 하늘 높이 떠올라 점점 멀어지는 동그란 물체가 헌들리의 시야에 들어왔다.

민우가 때려낸 타구는 당겨 친 듯, 우중간 방면으로 완만한 포물선을 그리며 빠르게 날아가고 있었다.

손에서는 공을 때려내고 남은 반발력이 거의 느껴지지 않고 있었다.

하지만 민우는 이곳이 펫코 파크라는 것을 기억하고 있었다.

펫코 파크는 좌우중간 펜스가 403피트(123m)로 센터 펜스보다 훨씬 깊었다.

여기에 습도나 기압, 구속 등의 조건을 생각할 때, 같은 느낌이라도 비거리가 평소보다 최소 5미터 이상 짧을 것이라는 판단을 내렸다.

민우는 자신이 때려낸 타구의 방향을 확인하고는 곧장 배트를 놓고 달리기 시작했다.

'손맛은 분명 넘어갔지만, 만약의 상황이라는 게 있으니까.'

그리고 그런 민우의 재빠른 움직임에 레이토스와 헌들리도 실낱같은 희망을 가진 채, 타구를 바라보기 시작했다.

─제5구! 쳤습니다! 강하게 퍼 올린 타구! 우중간 방면으로 쭉쭉 뻗어 날아갑니다! 중견수가 쫓아가는데요!

타다닷!

동시에 파드리스의 중견수, 토니 그윈 주니어가 자신의 빠른 발을 자랑하듯 빠른 속도로 우중간 펜스를 향해 달리기 시작했다.

그는 올 시즌 단 한 개의 실책도 허용하지 않는 완벽한 수비를 보이며 메이저리그 정상급의 수비 실력을 유감없이 발휘하고 있었다.

'이걸 잡지 못하면 오늘 경기는 가망이 없어. 무조건 잡아야 해.'

아무리 막강한 불펜진이 있더라도 그들이 점수를 낼 수 있는 것은 아니었다.

점수를 내야 할 타선은 커쇼의 호투에 완전히 묶여 있는 상태였다.

이런 상황에서 2점 이상 점수가 벌어진다면 오늘 경기의 승리 확률은 급격히 낮아진다.

그런 생각이 들자 토니 그윈 주니어의 스피드가 더욱 빨라졌다.

하지만 그 의지와는 달리, 타구는 아직도 한참 위에서 날아가고 있었다.

열심히 발을 놀린 결과, 타구보다 조금 더 빨리 펜스에 다다른 토니 그윈 주니어였다.

하지만 펜스와 타구를 번갈아 보던 그는 그라운드의 느낌이 투박하게 바뀌자 결국 급히 속도를 죽이고 말았다.

'젠장!'

약 3.7미터의 높은 펜스를 양손으로 짚으며 멈춰 선 토니 그윈 주니어는 그 노력이 무색하게 아슬아슬하게 펜스를 넘어가는 타구를 멍하니 바라볼 수밖에 없었다.

─중견수 뒤로!! 뒤로!! 펜스를!! 넘어~ 갑니다!! 강민우 선수가 레이토스의 슬라이더를 제대로 받아 쳐 3점짜리 홈런을 만들어냅니다! 강민우 선수는 지금의 홈런으로 벌써 시즌 5호 홈런을 기록합니다! 이 홈런으로 다저스는 파드리스를 5점 차로 따돌리고 멀찍이 달아납니다! 스코어 0 대 5!

─아~ 파드리스로서는 레이토스를 믿고 맡겼지만, 레이토스는 그 믿음에 부응하지 못하고 말았네요. 이미 투구 수가 100개

가 넘어선 상황이었고, 1위 자리를 수성하기 위해서는 1승이 중요한 파드리스에게 이 선택은 정말 아쉽게 돌아오고 말았군요.

─예. 반면 안정적인 출장 기회를 잡지 못한 상황임에도 4경기 5홈런으로 자신의 가치를 꾸준히 증명하고 있는 강민우 선수입니다. 앞선 엄청난 호수비에 지금 이 홈런까지, 마치 자신을 주전 중견수로 기용해 달라는 무언의 시위를 보는 듯합니다.

─그냥 4경기 홈런이 아니죠. 4경기 연속 홈런입니다! 사실 강민우 선수는 마이너리그에서도 기록 제조기로 화제 몰이를 하던 선수인데요. 메이저리그에서도 그 버릇을 남 주지 못하나 봅니다. 만약 다음 경기에서도 홈런을 친다면 베이브 루스가 1921년 기록한 5경기 연속 홈런과 동률이 되는 거고요. 만약 오늘 남은 타석과 다음 경기에서 2개의 홈런을 더 때린다면 역시 베이브 루수와 같은 5경기 연속 홈런에 7홈런 기록과도 동률이 되는 거거든요.

─와… 정말 믿을 수가 없습니다. 이게 정말 며칠 전에 승격한 선수가 보여줄 수 있는 기록인지 정말 놀랍고도 놀라울 따름입니다.

민우의 홈런으로 펫코 파크의 분위기는 찬물을 끼얹은 듯 적막에 휩싸였다.

정확히 말하면 펫코 파크를 가득 메운 수만의 파드리스 팬의 침묵이었다.

타구를 쫓아 최선을 다해 달리던 토니 그윈 주니어의 노력이 수포로 돌아가자 그들의 얼굴에는 망연자실함만이 가득했다.

그리고 그들의 시선은 이내 다이아몬드를 돌아 홈 플레이트를 밟으며 양손을 들어 하늘을 향해 총을 쏘는 듯한 세레머니를 하는 민우에게로 돌아갔다.

그들은 민우의 세레머니에 분노하면서도 한편으론 마치 저런 괴물 같은 놈이 어디서 튀어나온 것이냐는 듯, 의문과 시기로 뒤범벅된 시선을 보내고 있었다.

민우에게 홈런을 통타당한 레이토스는 곧장 마운드를 방문한 블랙 감독에게 공을 건네주고는 고개를 숙인 채, 천천히 마운드를 내려갔다.

"괜찮아!"

"수고했어!"

"오늘 같은 날도 있는 거야! 어깨 펴!"

파드리스의 홈팬들은 믿었던 차세대 에이스 투수가 대량 실점을 허용한 것에는 실망감을 감추지 못했다. 하지만 이내 그런 마음을 감춘 채, 팀의 승리를 위해 투지를 보여준 레이토스에게 수고했다는 듯 박수를 보내주었다.

그러나 레이토스의 어깨는 펴질 줄을 몰랐다.

10연패 뒤 1승을 챙겼지만, 다시금 패배의 위기에 몰리고 말았다.

이런 상황에선 그 어떤 것도 위로가 되지 않는다는 듯, 레이토스는 결국 고개를 들지 못한 채 더그아웃으로 들어가고 말았다.

레이토스의 강판 이후, 경기는 완연한 투수전으로 돌입했다.

파드리스가 막강 불펜을 가동시키자 다저스는 9회 초, 이디어의 2루타가 터질 때까지 단 한 타자도 출루를 시키지 못하며 무기력한 모습을 보였다.

여기에 이디어의 뒤를 이어 타석에 들어섰던 민우가 3루수 앞 땅볼로 허무하게 물러나는 모습에선 파드리스의 팬들은 투수 교체 타이밍을 놓친 것에 대한 짙은 아쉬움을 느낄 수밖에 없었다.

파드리스의 이런 막강한 투수진에 비해 그 타선은 9회 말까지 끝끝내 득점을 올리지 못하며 영봉패라는 수모를 안고 말았다.

다저스의 선발 투수로 나섰던 커쇼는 9이닝 3피안타 1볼넷 13탈삼진 무실점 역투를 선보이며 시즌 12승을 완봉승으로 장식했다.

민우는 이날 경기에서 최종 4타석 4타수 2안타(1홈런) 4타점 2득점이라는 성적을 거두었고, 시즌 타율은 0.777을 기록했다.

이날의 승리로 다저스와 파드리스와의 승차는 6경기 차로
좁혀졌다.

제5장

우승 DNA

경기가 끝난 뒤, 다저스의 팬들은 커쇼의 완봉승의 최고의 도우미로 단연 민우의 이름을 꼽았다.

수비에서는 환상적인 슬라이딩 캐치를 보이며 커쇼의 무실점을 지켰고, 공격에서는 빠른 발과 강한 펀치력을 자랑하며 홀로 5점을 만들어내 팀을 승리로 이끌었기 때문이었다.

커쇼와 민우라는 투타 영건의 맹활약은 다저스의 팬들에게 단순히 1승을 추가했다는 것을 넘어, 플레이오프 진출이라는 꿈을 현실로 만들 수 있지 않을까 하는 희망을 주고 있었다.

그리고 이런 다양한 추측은 다저스의 팬들만이 하고 있는 것은 아니었다.

다음 날 아침, LA타임즈의 스포츠 면에는 전날 치러졌던 LA다저스와 샌디에이고 파드리스의 경기 결과를 전하며 LA다저스 팬들의 욕구를 채워줄 만한 한 가지 흥미로운 추측을 내놨다.

〈다저스, 파드리스 원정 2차전 승리. 커쇼 완봉, 강민우 스리런 홈런. 루키 돌풍에 힘입어 시즌 막판 대역전극 꿈꾸나, 산술적으로는 힘들어.〉

전날 샌디에이고 펫코 파크에서 LA다저스가 파드리스 원정 2차전을 승리로 장식하며 1차전의 패배를 만회했다.

다저스의 선발투수로 나선 커쇼는 9이닝동안 단 3피안타와 1볼넷만을 내어줬고, 13개의 탈삼진 뽑아내며 완봉승으로 시즌 12승을 달성 …(중략)… 호수비를 보였던 강민우는 6회 초 2사 1, 3루 상황에서 승부에 쐐기를 박는 스리런 홈런으로 커쇼의 도우미 역할을 톡톡히 해냈고 …(중략)… 특히 지난 시즌까지 주전 중견수로 활약했던 켐프의 부진을 메워주는 강민우의 활약은 앞으로 한 달이 채 남지 않은 시즌 일정에서 상당한 변수로 작용할 예정이다.

이날의 승리로 다저스와 파드리스와의 승차는 6경기 차로 좁혀졌다.

현재 승률 0.562를 기록하고 있는 파드리스가 정상적인 경기력을 보인다고 가정했을 때, 파드리스의 잔여 경기(25경기) 성적은 14승 11패를 거둘 것으로 예상할 수 있다.

그리고 다저스가 6경기 차를 좁히기 위해서는 잔여 경기(23경기)에서 산술적으로 19승 4패를 기록해야 승차가 0이 될 수 있다.

단순 계산을 하더라도 8할 이상의 승률을 기록해야 동률을 이룰 수 있다는 것이다.

하지만 낙관적인 사실은 파드리스는 시즌 후반, 급격한 하락세를 보이며 최근 10경기 1승 9패, 승률 1할을 기록하고 있다는 것이다.

여기에 내셔널리그 서부 지구는 언제 순위가 뒤바뀌어도 이상할 것이 없을 정도로 그 승차가 크지 않다.

다저스는 당장 3위인 로키스와의 승차가 1.5경기에 불과하며, 자이언츠와의 승차는 4경기를 기록하고 있다.

물론 시즌 막판이기에 2위 팀과 보이는 4경기라는 차이가 적은 차이는 아니다.

하지만 마냥 불가능한 것은 아니다.

다저스는 최근 5경기, 자이언츠를 스윕한 것을 시작으로 다시금 상승세를 탄 상태이다.

그리고 그 중심에는 메이저리그에 승격하자마자 4경기에서 5홈런을 뽑아내며 다저스의 타선에 '우승 DNA'를 주입한 슈퍼 루키, 강민우가 있다.

재미있는 사실은 강민우가 마이너리그 시절, '우승 전도사'라는 별명을 …(중략)… 야구는 혼자서 하는 것이 아니다.

한 시즌을 다 채우지 못하고 수시로 라인업이 뒤집히는 마이너리그와 달리, 메이저리그는 웬만한 변수가 없다면 선발 라인업이 크게 뒤집히는 경우는 없다. 그렇기에 잘 짜인 타선에서 한 선수가 돌풍을 일으키는 것은 일어나기 힘든 일이다.

하지만 강민우의 합류 뒤, 타선의 무게감이 달라진 것은 사실이다.

단 몇 경기로 판단하는 것은 너무 성급한 것일 수도 있다. 하지만 시즌은 한 달이 채 남지 않았다.

이젠 과감한 결단이 필요할 때다.

시즌 타율 2할의 프랜차이즈 스타, 4경기 5홈런의 슈퍼 루키 중 누구를 선발로 세울지는 토리 감독의 손에 달렸다.

그리고 어떤 결정을 내리느냐에 다저스의 운명이 바뀔 것이다.

아직 서부 지구의 선두 싸움은 끝나지 않았다.

―LA타임즈, 브라운 기자.

각종 사이트의 스포츠 면에 게시된 브라운 기자의 기사는 가히 파격적이라고 할 수 있었다.

사람들을 가장 놀라게 한 것은 커쇼의 완봉승도, 민우가 스리런 홈런으로 4경기 5홈런을 달성하며 루키 신화를 써내려가고 있는 것도 아니었다.

지구 우승.

브라운 기자는 선두에 6경기나 뒤진 상황임에도 다양한 변수를 제시하며 우승이라는 가능성을 열어두고 있었다.

사람들은 아침 일찍 집 앞에 도착한 종이신문으로, 집 안에 놓인 컴퓨터와 노트북으로, 출근길에 각자 들고 있는 스마트폰으로 기사를 접하고는 다양한 반응을 보였다.

—강민우가 대단하긴 대단하네. 루키가 데뷔 첫 타석부터 홈런을 날려 버리더니 4경기 동안 벌써 5홈런이야. 그것도 연속 홈런. 이전에도 다저스 루키가 이런 기록을 세운 적이 있던가?

—아마 없을 걸? 메이저리그 기록을 찾아봐도 없을 거라고 생각해. 이거 자이언츠전에서 해설자가 이야기했던 9월 월간 홈런 기록도 진짜 달성할 기세인데?

—냉정하게 봤을 때, 난 강민우를 선발로 내세우는 게 맞다고 봐. 작년까지 켐프가 해준 게 있으니 부진해도 까방권이 있었지. 하지만 이 녀석은 그런 우리의 배려도 모르고 연애질에 정신이 팔렸잖아. 결국 프로는 성적으로 증명하는 거니까 결단이 필요하다 이거지. 기사의 결론도 결국 토리 감독의 결단을 촉구하는 거잖아.

—아무리 그래도 결국 선수를 가장 잘 아는 건 토리 감독

이 아닐까? 기자가 왈가왈부할 만한 사항은 아니라고 봐.

—맞아. 그리고 이 기사는 가정이 너무 한 방향으로 치우쳐 있잖아. 파드리스가 죽을 쑤면, 그만큼 치고 올라가는 팀도 있다는 건 생각하지 않는 건가?

—내가 볼 땐 그것도 생각하고 쓴 것 같은데? 2위인 자이언츠는 이미 스윕했고, 당장 내일 경기에서 파드리스를 뭉갠다고 가정하면 2승 1패야. 시즌 막판에 상위팀한테 5승 1패를 기록하는 건 우리 밑에 깔린 디백스에게 10승을 빼앗는 것보다도 의미가 있다고.

—일리가 있어. 마침 남은 일정에 자이언츠 3경기, 로키스 6경기, 그리고 파드리스가 3경기가 있네. 이 중 9경기는 홈경기라고. 충분히 가능성은 있다고 봐. 아마 이 12경기가 우승의 향방을 가르는 분수령이 되지 않을까? 물론 당장 내일 경기에서 승리를 따내는 게 제일 중요하겠지만.

—이상과 현실은 구분해야 하지만… 진짜 이 기사대로 막판 대역전극을 일으켜 줬으면 좋겠어.

마지막 리그 우승이자 월드시리즈 우승인 1988년 이후, 1995년과 2004년 지구 우승을 달성한 것 이외에는 무관의 행보를 이어갔던 다저스였다.

이 기간 동안 암흑기 아닌 암흑기를 보냈기에 실의에 빠진 많은 팬이 한동안 다저스타디움을 찾지 않을 정도였다.

이후 다저스는 2008년과 2009년, 2년 연속으로 지구 우승을 달성하며 팬들에게 다시금 희망을 심어줬다.

하지만 두 번 모두 필라델피아 필리스에게 패하며 월드 시리즈로 향하는 문턱을 넘지 못한 채 번번이 탈락하는 모습을 보이며 아쉬움을 남겼다.

그리고 올 시즌은 다시금 하위권으로 추락하며 명문 팀이라는 자부심에 다시금 먹칠을 하고 있었다.

하지만 브라운의 기사는 우승에 대한 열망이 가득한 다저스의 팬들에게 다시금 얄팍한 희망을 자라나게 하고 있었다.

아침부터 시작된 사람들의 댓글은 경기 시작 시간인 4시가 다가와서야 어느 정도 소강상태를 보였다.

하지만 어느새 토론의 장이 되어버린 댓글은 경기 시작 시간이 다가왔음에도 틈틈이 갱신되며 계속해서 서로의 의견을 피력하는 모습이었다.

그리고 그들의 관심을 한 몸에 받은 파드리스의 3차전 경기의 라인업이 발표되었다.

다저스의 원정 팬들은 주차 대란을 피해 일찌감치 경기장을 찾아 선수단의 훈련을 지켜보고 있었다.

그리고 경기 시작 한 시간 전, 뒤늦게 발표된 라인업을 확인한 한 팬의 외침에 3루 더그아웃 뒤쪽 자리를 차지하고 있던 무리가 일순 절망스러운 표정을 지어 보였다.

"오늘은 민우가 아니라 또 켐프야!"

이제 갓 소년티를 벗은 것 같은 흑발 청년의 답답하다는 듯한 외침에 희끗희끗한 흰머리들이 자라난 중년 남성이 그런 청년의 어깨를 두드려 주었다.

"모리스, 너무 흥분하지 마라. 토리 감독님도 무언가 생각이 있으시겠지."

중년 남성의 위로에 흑발 청년이 이해할 수 없다는 표정으로 중년 남성을 바라봤다.

"아니, 아버지! 무슨 생각이요! 켐프가 페이스를 끌어 올린다고 해도 그땐 이미 시즌이 끝이라고요. 당장 한 달도 남지 않은 상황에서 이기고 싶다면 상승세를 타고 있는 선수를 써야죠. 켐프는 오히려 타율이 떨어지고 있다고요. 안 그래요?"

청년의 외침에 주변에 앉아 있던 이들도 동의한다는 듯 고개를 끄덕였다.

그 모습에 가볍게 중년 남성이 가볍게 웃어 보였다.

"그래. 하지만 토리 감독님이 지난 자이언츠 1차전 이후 두 선수에게 균등한 기회를 주겠다고 하셨었지. 아마 지금은 가능성을 보고 계신 거라고 생각된다."

"가능성은 무슨 가능성이에요. 그럼 켐프는 시즌 내내 부활 가능성만 봐요? 프로는 실력으로 말하는 거라고요! 지금은 강이 잘하니까 그냥 강을 쓰면 되지."

중년 남성이 시종일관 미소를 지으며 이야기하는 것에 비해 청년은 여전히 흥분한 모습이었다.

마치 떼를 쓰는 듯한 그 모습에 중년 남성이 무어라고 다시 이야기하려 할 때, 더그아웃에서 한 선수가 모습을 드러냈다.

그리고 그 뒷모습에 무어라 더 말을 하려던 청년은 누가 말리지 않았는데도 조용히 입을 다물었다.

선수의 유니폼 뒤쪽에는 'KEMP'라는 글자가 선명히 박혀 있었다.

불행인지 다행인지 켐프는 그들의 이야기를 듣지 못한 듯한 듯, 가볍게 몸을 푸는 모습이었다.

"못 들었겠죠?"

청년의 물음에 주변에 있던 몇몇 이들이 고개를 절레절레 저었다.

'아마 들었을걸.'

'인마, 네 목소리 겁나 컸어.'

그리고 그들이 보지 못하는 켐프의 얼굴은 몹시 딱딱하게 굳어져 있었다.

켐프는 멀찌감치 떨어져서 노장 선수들과 이야기를 나누고 있는 민우를 자신도 모르게 지그시 노려보고는 순간 흠칫했다.

'내가 저 루키 녀석을 의식하고 있는 건가? 하······.'

처음에는 화가 났다.

주전 중견수이자 4번 타자로 풀타임 출장을 하고 있는 자신의 자리에 다른 녀석이 끼어든다는 것을 용납할 수 없었다.

그런 마음에 마이너리그에서 해봐야 얼마나 했겠냐 싶어 무시하는 마음이 강했다.

그러나 민우는 다른 루키들과는 달랐다.

부정하고 싶었지만 4경기 5홈런이라는 기록을 세웠다. 그것도 교체 출전이 포함된 상태에서의 기록이었다.

너무나도 압도적인 기록에 모두의 관심이 민우에게로 쏠려 있었다.

뒤늦게 돌아보니 신경 쓰느라 보이지 않던 것들이 눈에 들어왔다.

성적이 떨어지며 여자친구와의 관계까지 소원해졌고, 시즌이 진행될수록 몸 상태는 더더욱 나빠져만 갔다.

켐프는 순간 미간을 찌푸리며 허리 부근에 손을 올렸다.

하지만 누가 볼세라 빠르게 손을 내리며 가볍게 숨을 내쉬었다.

위기감.

이전까지 느끼지 못했던 위기감이라는 감정이 느껴졌다.

'내 자리를 찾아야 돼.'

부동의 선발이었던 자신이 어느 샌가 루키와 번갈아 선발로 나서며 출장 기회가 줄어들고 있었다.

그리고 어제 경기에서 다시금 결장을 했고, 민우는 다시 한 번 홈런포를 쏘아 올리며 자신의 입지를 야금야금 갉아먹고 있었다.

단 며칠 사이에 벌어진 일이었기에 알아채는 것조차 늦었다.

냉정하게 생각하면 이미 벼랑 끝까지 밀린 상태였지만 인정하고 싶지 않았다.

'누가 뭐래도 다저스의 4번 타자이자 주전 중견수는 바로 나라고! 나에게 그런 이야기를 한 것을 후회하게 만들어주겠어.'

켐프의 뇌리에 자신을 모욕하던 수많은 사람의 얼굴이 스쳐 지나갔고 마지막으로 자신의 좌익수 전향을 언급한 토리 감독의 얼굴이 떠올랐다. 그리고 여전히 웃음을 보이고 있는 민우의 얼굴이 보였다.

아래로 늘어뜨린 켐프의 주먹이 꽉 쥐어져 금세 새하얗게 질려갔다.

곧 경기 전 훈련을 마친 선수들이 하나둘 그라운드에서 모습을 감췄다.

양 팀의 선발투수가 발표되자 파드리스의 일부 팬들은 순위 싸움이 치열한 상황에서 경기를 포기하는 것이냐는 비난을 날렸다.

이유는 파드리스가 다저스와의 3차전에 선발로 내세운 선수 때문이었다.

파드리스가 선발로 내세운 선수는 5일 전, 메이저리그 데뷔 경기를 가졌던 좌완 룹키였다.

룹키는 마이너리그 시절, 최고 구속 94마일의 포심 패스트볼을 주력으로 하여 86마일 대의 슬라이더와 체인지업을 던질 줄 아는 쓰리피치 투수였다.

올 시즌 마이너리그 더블A에서 시즌을 시작해 트리플A로 승격하며 총 10승 1패, 방어율 2.68의 준수한 활약을 보이며 로스터 확장과 함께 메이저리그에 승격한 상황이었다.

하지만 데뷔 경기였던 지난 3일, 로키스전에서 5이닝 동안 2개의 홈런을 얻어맞으며 4실점을 하는 부진한 모습을 보이고 말았다.

아무리 다저스의 타선이 지난 시즌만 못한 상황이지만 루키에게 맡기기에는 너무 큰 경기가 아니냐는 시선이 주를 이뤘다.

특히 다저스의 선발 투수는 전날 완봉승을 거둔 커쇼와 원투펀치를 이루고 있는 걸출한 투수, 빌링슬리였기에 더욱 그런 시선이 강했다.

하지만 막상 경기가 진행되자 마치 그런 시선에 항의라도 하듯, 룹키는 지난 경기와 전혀 다른 위력투를 보이기 시작했다.

1회부터 2개의 삼진을 뽑아낸 룹키는 6회까지 단 2개만의

안타를 허용했고, 7개의 삼진을 뽑아내며 다저스의 타선을 초
토화시켰다.

반면 다저스의 선발로 나선 빌링슬리는 6회까지 6개의 삼
진을 뽑아내는 동안 무려 5실점을 허용하며 완전히 무너지고
말았다.

그리고 7회 초, 다저스의 공격이 다시금 시작되고 있었다.

선두타자인 4번 로니가 타석에 들어서 룹키를 상대하고 있
었고, 대기 타석에서는 오늘 경기에서 5번 타자로 나선 켐프
가 굳은 표정으로 마운드를 바라보고 있었다.

'저런 애송이한테도 안타를 때려내지 못했어? 내가?'

켐프는 자신의 모습이 믿기지 않는다는 듯한 표정으로 룹
키를 바라봤다.

2타석 2타수 무안타. 2타석 모두 선행 주자가 있는 상황이
었기에 더욱 아쉬웠다.

의욕만으로 모든 것이 가능한 것이 아니라는 걸 그 스스로
가 증명하고 있었다.

그런 생각이 들자, 켐프는 자괴감에 빠져드려는 자신의 마
음을 다잡느라 애를 먹어야 했다.

따아악!

강렬한 타격음이 켐프의 상념을 깨뜨렸다.

선두 타자로 나섰던 로니가 외야를 가르는 2루타를 때려내
며 2루 베이스를 밟았고, 다시금 켐프에게 타점 기회가 만들

어졌다.

켐프는 굳은 표정으로 천천히 타석으로 향했다.

더그아웃에 남아 있는 선수들은 그런 켐프의 뒷모습을 간절한 시선으로 바라봤다.

경기가 중반을 넘어서 후반으로 달려가고 있는 상황에서 0 대 5라는 점수 차는 절대로 적은 차이가 아니었다.

그랬기에 다시금 찾아온 기회를 놓쳐서는 안 됐다.

"켐프! 한 점만 내자고!"

"루키에게 메이저리그의 매운맛을 보여줘야지!"

켐프와는 견원지간이나 마찬가지인 민우마저도 마음속으로 켐프를 응원하고 있었다.

'밥상 엎는 건 두 번으로 족하니까 제발 하나만 쳐. 위닝 시리즈는 가져가야지!'

하지만 그런 응원이 무색하게도 최악의 결과가 나오고 말았다.

슈우욱!

부웅!

팡!

"스트라이크 아웃!"

주심이 우렁찬 목소리로 스트라이크 콜을 외치는 모습과 아쉬운 표정을 짓는 켐프의 모습이 몹시 대조적이었다.

"하아……."

더그아웃 난간에 매달려 있던 몇몇 선수들의 한숨 소리가 들려왔다.

삼구삼진.

본신의 실력보다 과한 의욕의 가져온 결과였다.

큰 걸 날리겠다는 욕심이 과해 시야를 흐렸고, 스윙이 커지고 말았다.

펫코 파크에 다시금 파드리스 팬들의 환호성이 울려 퍼졌다.

루키의 호투에 환호하는 이들의 뒤에서 다저스 팬들은 씁쓸한 얼굴을 감추지 못했다.

그리고 삼진을 당한 켐프는 허탈한 표정으로 그라운드가 아닌 더그아웃으로 돌아오고 말았다.

그리고 그런 켐프를 대신해 블레이크가 타선의 정체를 풀어주었다.

따아악!

다시금 그라운드에 큼지막한 타격음이 울렸고, 타구가 가장 깊은 우중간 펜스까지 굴러가는 사이, 전력 질주를 한 블레이크가 3루를 밟았다. 그사이 2루 주자가 여유 있게 홈을 밟으며 1점을 만회할 수 있었다.

이후 7번 테리엇의 희생플라이로 한 점을 더 추가한 다저스는 파드리스와의 격차를 3점으로 줄인 채 공격을 끝냈다.

파드리스의 팬들은 7이닝을 2실점으로 잘 막아내고 내려가는 루키 투수 룹키에게 기립 박수를 보내며 분위기를 끌어 올렸다.

9회 초, 다저스의 공격은 3번 이디어부터 시작되었다.

그리고 파드리스는 3점 차의 승리를 확고히 지키기 위해, 마무리 투수인 벨을 올렸다.

벨이 등장하기 전, 그의 등판을 알리는 워크업 송(Walk—Up Song)이 펫코 파크에 흘러나오기 시작했다.

인상적인 일렉트로닉 기타음과 함께 흘러나오는 '오직 강한 자만이 살아남는다'라는 가사는 벨의 자신감을 대변해 주는 듯했다.

곧 외야 불펜의 문을 열고 등장한 벨이 전력 질주를 해 순식간에 마운드에 도착했다.

그 모습에 민우가 고개를 갸웃거렸다.

"투수가 저렇게 뛰면 숨도 차고, 밸런스도 흐트러지지 않으려나……."

그러자 바로 옆에 앉아 있던 기브스가 그런 의문이 이해가 된다는 듯 피식거렸다.

"저렇게 몸을 달궈야 더 잘 던져지는 녀석도 있는 법이지. 우리가 아는 법칙이 모든 선수들에게 통용되는 것은 아니잖냐."

기브스의 이야기에 민우가 가볍게 고개를 끄덕이고는 마운드에 오른 벨을 바라봤다.

우완 투수인 벨은 올 시즌 41번의 세이브 기회에서 38개의 세이브를 성공하는 완벽한 모습을 보이고 있었다.

그리고 그가 마운드에 오르자, 파드리스의 팬들은 우렁찬 환호와 함께 그의 이름을 연신 연호하며 기대를 표했다.

하지만 그런 그들의 기대에 찬 시선이 우려의 시선으로 바뀌는 데에는 채 10분이 걸리지 않았다.

슈우욱!

팡!

"베이스 온 볼스!"

벨은 첫 타자인 이디어에게 스트레이트 볼넷을 내어주며 제구가 되지 않는 모습을 보였다.

그리고 이디어의 뒤를 이어 4번 로니가 타석에 들어섰다.

슈우욱!

따악!

노련한 로니는 벨이 제구를 잡기 위해 스트라이크존에 집어넣은 초구를 가볍게 받아쳤다.

좌익수와 중견수 사이를 가르며 굴러갔고, 로니는 여유 있게 2루 베이스를 밟으며 강하게 손뼉을 맞부딪혔다.

볼넷 이후 2루타까지 터지며 주자는 순식간에 2루와 3루 상황이 만들어졌다.

승리를 지켜 주리라 믿었던 벨이 아웃 카운트를 하나도 잡지 못한 채 득점권에 주자를 내보내는 모습에 파드리스의 팬들의 얼굴엔 당혹감이 피어올랐다.

그리고 그들을 더욱 놀라게 한 것은 타석으로 들어서는 5번 타자가 켐프가 아니라는 점이었다.

그 등에 쓰인 73이라는 숫자에 파드리스의 팬들은 머릿속에 떠오르려는 생각들을 애써 지워내려 노력했다.

─아, 켐프 선수의 타석에서 다저스가 대타를 기용합니다. 대타로 나서는 선수는 다저스의 막판 돌풍을 이끌고 있는 타자죠? 슈퍼 루키, 강민우 선수입니다.

─음. 이건 조금은 의외의 기용이네요. 사실 저는 9회 초인 지금, 강민우 선수의 투입을 예상하긴 했지만 가능성은 높지 않다고 봤거든요. 강민우 선수의 연속 홈런 기록을 생각한다면 상당히 부담스러운 선택이었을 텐데 말이죠.

─예. 아무래도 마지막 타석이 될 수도 있음에도 지금 강민우 선수를 투입했다는 건 여러 가지 의미가 있겠습니다만, 결국 펀치력이 있는 강민우 선수의 한 방을 기대함과 동시에 역전승까지 염두에 두고 있다는 의미로 보이네요. 그리고 켐프 선수의 타석임에도 강민우 선수를 기용했다는 건 토리 감독의 심경에도 어떠한 변화가……

타석으로 향하는 민우의 뒷모습에는 위축되거나 하는 기색이 전혀 보이지 않고 있었다.

그리고 그 모습을 바라보는 토리 감독과 매팅리의 눈빛에는 여러 가지 감정이 복잡하게 뒤섞여 있었다.

"이게 과연 옳은 선택일까요?"

매팅리의 목소리는 무겁고도 또 조심스러웠다.

매팅리의 물음은 민우의 교체 투입이라는 단순한 사실 이상의 의미를 담고 있었다.

그리고 그 물음이 의미하는 바를 알고 있다는 듯, 토리 감독은 시선을 돌리지 않은 채 천천히 입을 열었다.

"9회 초, 3점 차로 뒤지고 있는 상황에서 주자는 마침 2, 3루 상황이군. 여기서 어떤 선택이 옳은 것인지는 자네도 알 테지. 지금은 단타도 좋지만 한 방이 필요할 때가 아닌가."

"알고는 있습니다만……."

"자네가 무슨 말을 하고 싶은지는 나도 알고 있네. 하지만 개인의 기록도 결국 팀이 패배하면 빛을 바래는 법이야."

냉정하게 말하는 듯 보였지만 토리 감독도 마음 한편으로는 민우를 향한 미안한 감정 또한 가지고 있었다.

민우를 대타로 투입해 희망의 불씨를 살리느냐, 개인의 기록을 존중해 득점 확률이 높아질 선택을 포기하느냐의 딜레마였다.

어느 쪽을 선택해야 옳다는 확신이 서지 않았다.

팀의 승리도 중요하지만 개인의 기록도 중요하다.

토리 감독과 매팅리 역시 메이저리그에서 전성기를 보내며 선수 생활을 했던 이들이었기에 선수에게 기록이 얼마나 소중한 지를 몸소 알고 있었다.

하지만 선수 개인의 성적이 팀의 승리보다 우선시되는 일은 존재할 수는 없는 것이 사실이고 당연한 것이었다.

메이저리그는 어느 곳에나 흔히 존재하는 동네 아이들의 리그가 아니었다.

프로 선수들이 모인 곳이었고, 모두가 한마음으로 팀의 승리를 위해 최선을 다하는 곳이었다.

그렇기 때문에 한 개인의 기록을 위해 팀이 승리할 수 있는 가능성을 포기하는 것은 충분히 지탄받을 만한 일이었다.

하지만 굳이 민우를 투입하는 선택을 하지 않았더라도 토리 감독을 비난하는 이들은 그리 많지 않았을 것이다.

오히려 민우의 대타 투입으로 연속 경기 홈런 기록이 끊어진다면, 토리 감독으로서는 평생 듣지 못한 치욕스러운 말들을 들을지도 몰랐다.

만약 1위와의 격차가 크고, 와일드카드마저 가망이 없었더라면 토리 감독은 이런 과감한 선택을 하지 않았을 것이다. 올 시즌, 타선이 줄 부상으로 무너지지 않았다면, 켐프가 부진하지 않았더라면 이런 선택을 하지 않았을지도 몰랐다.

하지만 가정은 가정일 뿐이었다.

토리는 감독으로서 냉정하게 눈앞에 당도한 현실에서 가능성을 따지고, 최선의 선택을 한 것이었다.

'감독은 감정이 아닌 이성에 따른 선택을 할 수 밖에 없다는 걸, 내 뒤를 이어 감독을 맡게 된다면 자연스럽게 알게 되겠지.'

토리는 곧 민우가 내놓을 결과를 추측하며 다음 작전을 구상하기 시작했다.

매팅리는 고개를 돌려 토리 감독의 옆모습을 바라봤다.

토리의 선택이 머리로는 이해가 되면서도 안타까운 감정이 일어나는 것만은 어쩔 수가 없었다.

다시 그라운드로 고개를 돌린 매팅리는 타석에 들어서기 전, 배트를 크게 휘두르며 몸을 푸는 민우를 복잡 미묘한 시선으로 바라보며 조금 전의 상황을 떠올렸다.

'내가 저 녀석이었더라도 저렇게 당당할 수 있었을까.'

토리 감독의 교체 지시에 따라야 하는 매팅리였지만 민우의 기록이 단 한 타석 만에 끊어질 위기에 놓인 것이 아까웠다.

그런 생각이 미치자 매팅리는 토리 감독의 지시를 그대로 전하는 대신, 민우에게 선택할 기회를 주었다.

몸이 아프지는 않으냐는 둥, 부담이 된다면 나가지 않아도 된다는 둥 교체 출전에 대한 이야기를 에둘러 말했다.

그 모습에 민우는 마치 매팅리의 의도를 다 알고 있다는 듯, 잠시의 고민도 없이 곧장 몸을 일으키며 입을 열었다.

"나가겠습니다."

민우의 대답에 매팅리는 의외라는 표정을 지으며 민우를 바라봤다.

"기록이 중단될 수도 있는데도 말이냐?"

주변에 들릴까 조용히 묻는 매팅리의 모습에 민우는 얼굴에 미소를 지으면서도 진지한 눈빛을 보였다.

"기록을 신경 쓰지 않는다고 하면 거짓말이겠지만, 팀이 이길 수만 있다면 상관없습니다. 그리고… 상황이 좋지 않다고 피하고 싶지도 않습니다. 이런 상황에서 팀의 승리에 보탬이 된다면 그거야말로 다저스를 응원하는 팬들에게 더욱 힘이 될 테고, 만약 여기서 기록까지 남긴다면 그거대로 의미가 있지 않겠습니까? 그래서 더 나가고 싶습니다."

민우의 예상치 못한 당돌한 모습에 매팅리는 무어라 말을 하지 못한 채, 잠시 멍한 표정을 지었다.

겨우 몇 경기밖에 뛰지 않은 루키가 마치 베테랑 같은 대답을 하는 모습에 무어라 대답해 주어야 할지 순간 떠오르지가 않았다.

민우는 그 말을 끝으로 매팅리를 뒤로 한 채, 빠르게 헬멧과 배트를 꺼내 들고는 곧장 더그아웃을 빠져나갔다.

잠시 생각에 잠겼던 매팅리는 곧 눈을 빛내며 배터 박스에 천천히 자리를 잡는 민우를 바라봤다.

'지금껏 저런 녀석이 있었던가. 무모한 것 같으면서도… 그

마음가짐은 정말 마음에 든다. 그러니 더더욱 부디 좋은 결과가 있기를 바라야겠지.'

매팅리는 부디 홈런을 날리길 바라는 간절한 마음으로 그 승부를 지켜보기 시작했다.

*　　　*　　　*

올 시즌, 파드리스의 뒷문을 단단히 지켜낸 부동의 마무리 투수.

그리고 9월, 혜성처럼 나타나 기록을 써 내려가고 있는 슈퍼 루키.

베테랑과 루키의 맞대결임에도 느껴지는 분위기는 가볍지 않았다.

상황은 무사 주자 2, 3루 상황.

큰 것 한 방이면 동점까지 만들어질 수 있는 기회였다.

마치 짜고 만들어낸 듯한 상황에 양 팀 팬들의 분위기도 후끈 달아오르기 시작했다.

"벨! 애송이 녀석에게 메이저리그의 쓴맛을 보여줘!"

"지옥의 종소리를 들려주라고!"

파드리스 팬들의 외침에 다저스의 팬들도 지지 않겠다는 듯 목청껏 소리를 질렀다.

"강! 한 방 날려 버려!"

"홈런으로 팀을 구해줘!"

"홈런 한 방으로 네가 켐프보다 낫다는 걸 보여주라고!"

마지막 외침은 경기 시작 전, 켐프를 열심히 씹던 흑발의 청년이었다.

그 외침에 주변에서 청년을 힐긋 쳐다보면서도 내심 민우가 정말 홈런을 날리고 켐프의 역할을 대신해 주길 기대하는 눈치였다.

파드리스의 마무리 투수인 벨은 파드리스의 콧대 높은 마무리 투수였다.

그리고 그 높은 자존심만큼 상대의 기록을 존중할 줄 아는 투수이기도 했다.

'오직 강한자만이 살아남는다'라는 가사는 그의 자신감의 표출이기도 했고, 그 마음가짐을 대변해 주는 것이기도 했다.

상대는 9월을 지배하고 있다고 해도 과언이 아니었지만 루키였다.

한 팀의 마무리 투수가 루키가 두려워 피한다는 것은 그에게 도저히 용납할 수 없는 행동이었다.

'루키 녀석인데도 그 행보가 꽤 대단하다. 방심할 수는 없어. 하지만 그렇다고 피하지도 않는다. 이기는 건 내가 될 테니까.'

노아웃이긴 하지만 주자는 2, 3루 상황이었다.

대기록을 피하고 싶다면 승부를 보다가도 불리한 볼카운트에 몰렸을 때 볼넷을 내어주는 방법으로 얼마든지 피할 수 있었다.

하지만 벨의 머릿속에는 그런 상황은 전혀 들어 있지 않았다.

'구위로 누른다.'

비록 초반 제구가 흔들려 아웃 카운트를 하나도 잡지 못하고 2루와 3루에 주자를 내보냈지만 마지막 공을 던지며 감을 되찾은 상태였다.

벨은 노아웃 만루 상황에서도 3개의 아웃 카운트를 모두 잡아내며 무실점 세이브를 한 적도 여러 번 있었다.

그런 경험들이 벨의 멘탈을 단단하게 만들어왔기에 지금도 그리 큰 부담은 없었다.

항상 기대에 부응하는 모습을 보여 왔기에 파드리스의 블랙 감독도 따로 작전을 지시하지 않으며 그의 판단을 존중하는 모습이었다.

'최고 구속 96마일의 포심 패스트볼과 85마일의 커브볼의 투 피치. 마무리로는 독특하게 폭투가 나올 확률이 높은 커브를 세컨드 피치로 사용하는 투수라… 그만큼 자신의 제구에 자신이 있다는 소리인데. 오늘은 그게 잘 안 되는 건가?'

배터 박스에 자리를 잡은 채, 벨의 날카로운 눈빛을 바라보던 민우가 속으로 살짝 혀를 찼다.

'기만 작전은 아닌 것 같은데… 나랑 정면 승부를 하겠다는 의미겠지? 나도 상황이 상황이니만큼 할 수 있는 건 다해야 하니까, 능력치부터 보자.'

민우는 마치 그 시선에 마주 노려보듯, 눈에 힘을 주며 벨에게 정신을 집중했다.

[벨, 34세]
―구속[A, 82(25%)/100], 제구[U, 78(44%)/100], 멘탈[U, 78(93%)/100], 회복[R, 62(68%)/100].
― 종합 [R, 300/400]

'어휴… 멘탈이 무슨 78이나 되냐. 나이가 깡패인 건가. '투기 발산'이 먹힐 확률이 겨우 10%지만 시도는 해봐야겠지. 투기 발산.'

지잉!
[투기 발산의 효과가 성공적으로 적용되었습니다.]
[벨의 구속과 제구 능력치가 10% 하락합니다.]

별 희망을 가지지 않고 스킬을 사용했던 민우는 눈앞에 떠오른 성공 메시지에 두 눈을 동그랗게 떴다.

'오! 이게 웬일이야. 대박!'

앞으로 벌어질 일이 눈앞에 스쳐 지나가자 민우의 입꼬리가 가볍게 씰룩거렸다.

하지만 웃는 모습을 보였다가는 애먼 공이 포수의 미트가 아닌 자신의 몸으로 향한다는 것을 잘 알고 있었기에 애써 침착함을 유지했다.

투수인 벨은 자신의 몸에 무슨 변화가 일어났는지 전혀 알지 못하는 듯, 포수의 사인에 고개를 끄덕이며 공을 던질 준비를 마쳤다.

그리고 그 모습에 민우도 배트를 꽉 다잡으며 언제든지 배트를 휘두를 준비를 마쳤다.

'이렇게 된 거, 제대로 한 방 날려준다!'

가볍게 2루와 3루를 훑어 본 벨이 빠른 키킹과 함께 특유의 간결한 투구 동작으로 공을 뿌렸다.

슈우욱!

공을 뿌림과 동시에 채이는 느낌이 이전과 다른 것을 깨달은 듯, 벨의 두 눈이 크게 흔들렸다.

팡!

"볼!"

그 손을 떠난 공이 크게 떠올랐다가 스트라이크존 위쪽에 꽂히며 볼이 되었고, 민우의 배트는 움직이지 않았다.

'아쉽네.'

초구로 커브를 선택한 듯 보였는데, 너무 높게 날아온 나머지 배트를 휘두를 각도가 나오지 않았다.

하지만 상황은 민우에게 유리하게 돌아가고 있었다.

잠시 자신의 손을 바라보던 벨은 공이 이상하다고 판단한 듯, 공을 바꿔 달라는 제스처를 보냈다.

곧, 주심이 새로운 공을 던져주자 로진백을 매만지고는 공을 열심히 비비는 모습을 보였다.

'공이 이상하다고 생각한 건가.'

그 모습에 속으로 회심의 미소를 지은 민우가 다시금 배트를 다잡았다.

벨은 공을 쥔 손을 가볍게 흔들어 보이고는, 사인 교환과 함께 세트 포지션으로 빠르게 공을 뿌렸다.

슈우욱!

민우는 순식간에 자신이 서 있는 쪽으로 쏠려 날아오는 공에 깜짝 놀라며 허리를 뒤로 쭉 내뺐다.

'이크!'

팡!

"볼!"

2구는 포심 패스트볼이었는데 구속과 제구 능력치가 떨어진 영향인지 제대로 제구가 되지 않는 모습이었다.

'3마일 정도 떨어진 건가.'

볼이 너무 많아지는 것을 느낀 포수는 곧장 마운드로 올라가 벨에게 무언가 이야기를 건넸다.

짧은 대화가 끝나고 포수가 제자리로 돌아오자 경기가 재개되었다.

곧, 사인 교환을 마친 벨의 손에서 다시금 공이 뿌려졌다.

슈우욱!

3구는 민우가 바라마지 않던 존의 한가운데로 쏠려 날아오고 있었다.

'포심!'

공의 궤적을 확인함과 동시에 스트라이드를 강하게 내디디며 민우의 허리가 빠르게 회전을 시작했다.

그리고 곧장 배트가 매섭게 돌아 나오며 홈 플레이트 앞에서 공을 강타했다.

따아악!

정확히 때렸다고 생각한 순간, 손을 타고 올라오는 진동에 민우의 미간이 절로 찌푸려졌다.

'크윽.'

진동이 크다는 건, 배트의 스위트스폿에서 벗어난 부분과 공이 맞닿았다는 뜻이기도 했다.

하지만 민우는 고통에도 배트를 쥔 손에 힘을 풀지 않은 채 배트를 끝까지 돌리며 타구에 힘을 실었다.

곧, 큰 포물선을 그리며 쏘아진 타구는 우익수 방면으로 떠올라 날아가기 시작했다.

펫코 파크를 울리는 거친 타격음에 피아의 구분 없이, 모든 이들의 시선이 높이 떠오른 공을 바라보기 시작했다.

'제발 넘어가라!'

바람은 그랬지만, 민우의 손에서 느껴지는 진동은 펜스를 넘어가기 힘들다는 것을 말해주고 있었다.

하지만 희망이 없는 것은 아니었다.

쏘아진 타구를 바라보던 민우의 시야에 타구의 미세한 흔들림이 보였다.

'어?'

그리고 그 모습에 민우는 잠시 잊고 있던 하나의 특성을 떠올리고는 혹시나 하는 마음을 가졌다.

그와 동시에 민우는 곧장 배트를 내던지고는 빠른 속도로 1루 베이스를 향해 내달리기 시작했다.

『메이저리거』 9권에 계속…

초대형 24시 만화방

신간 100%, 샤워실, 흡연실, 수면실(침대석), 커플석, 세탁기 완비

▪ 강북 노원역점 ▪

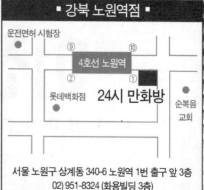

서울 노원구 상계동 340-6 노원역 1번 출구 앞 3층
02) 951-8324 (화용빌딩 3층)

▪ 일산 정발산역점 ▪

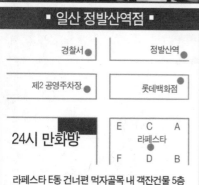

라페스타 E동 건너편 먹자골목 내 객잔건물 5층
031) 914-1957

▪ 일산 화정역점 ▪

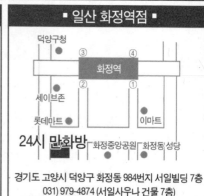

경기도 고양시 덕양구 화정동 984번지 서일빌딩 7층
031) 979-4874 (서일사우나 건물 7층)

▪ 부천 역곡역점 ▪

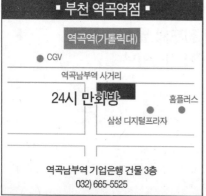

역곡남부역 기업은행 건물 3층
032) 665-5525

▪ 부평역점 ▪

(구) 진선미 예식장 뒤 보스나이트 건물 10층
032) 522-2871

만상조 新무협 판타지 소설

광풍제월

FANTASTIC ORIENTAL HEROES

광풍제월

천하제일이란 이름은 불변(不變)하지 않는다!

『광풍제월』

시천마(始天魔) 혁무원(赫撫源)에 의한 천마일통(天魔一統)!
그의 무시무시한 무공 앞에 구대문파는 멸문했고,
무림은 일통되었다.

"그는 너무나도 강했지.
그래서 우리는 패배했고, 이곳에 갇혔다."

천하제일이란 그림자에 가려져 있던 수많은 이인자들.

"만약······."
"이인자들의 무공을 한데로 모은다면 어떨까?"
"시천마, 그놈을 엿 먹일 수도 있을 거야."

이들의 뜻을 이어받은 소년, 소하.
그의 무림 진출기가 시작된다.

Book Publishing CHUNGEORAM

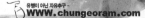

네르가시아 장편소설
FUSION FANTASTIC STORY

도시 무왕 연대기

글로벌 기업의 후계자 김태하.
탄탄대로를 걷던 그에게 거대한 음모가 덮쳐 온다!

『도시 무왕 연대기』

가장 믿고 있었던 친척의 배신,
그가 탄 비행기는 추락하고 만다.

혹한의 땅에서 기적같이 살아나
기연을 만나게 되는데……

모든 것을 잃은 남자,
김태하의 화끈한 복수극이 시작된다!

Book Publishing CHUNGEORAM

유행이아닌 자유추구-
WWW.chungeoram.com

이민섭 新무협 판타지 소설

EPIC ORIENTAL HEROES

역천마신

사술을 경계하라!

『역천마신』

소림의 인정을 받지 못한 비운의 제자 백문현.
무림맹과 마교의 음모로 무림 공적으로 몰린
그에게 찾아온 선택의 기회.

"사술, 이것을 받아들인다면 인세에 다시없을 악귀가 될 것이네."

복수를 위해 영혼을 걸고 시전한 사술이 이끈 곳은
제남의 망나니 단진천의 몸.

"무림맹 그리고 마교, 그 두 곳을 박살 낼 것이다."

이제 그의 행보에 전 무림이 긴장한다!

Book Publishing CHUNGEORAM

유행이 아닌 자유추구
WWW.chungeoram.com

사략한대 장편소설

FUSION FANTASTIC STORY

2016년 대한민국을 뒤흔들 거대한 폭풍이 온다!

『법보다 주먹!』

깡으로, 악으로 밤의 세계를 살아가던 박동철.
그는 어느 날 싱크홀에 빠진다.

정신을 차린 박동철의 시야에 들어온 건 고등학교 교실.
그리고 그에게 걸려온 의문의 ARS는 그를 새로운 인생으로 이끄는데……

빈익빈 부익부가 팽배한 세상, 썩어버린 세상을 타파하라!

법이 안 된다면 주먹으로!
대한민국을 뒤바꿀 검사 박동철의 전설이 시작된다!

Book Publishing CHUNGEORAM

유행이 아닌 자유추구 -
WWW.chungeoram.com